Du même auteur :

Romans :
- « *Saga Deus temps UN* » ©2003 Diamedit
- « *Jeanne d'Arcadie* » ©2016 Diamedit

Théâtre et spectacles historiques :
- « *Du plomb dans la mitre* » (co-écriture à quatre mains avec Gérard Bavoux) ©2000 Diamedit
- « *Cathares* » (collaboration avec Gérard Bavoux) ©2001 Diamedit

Scenarii : (pilote d'une série TV à paraître)
- « *Le lacet d'argent* » ©2005 Diamedit

Publications partielles ou intégrales sur Internet :
- www.royalement-votre.com ©1997/2011 Diamedit
- www.diamedit.net © 2011 Diamedit

(Seconde édition)

©2016 DIAMEDIT / Jack Minier

ISBN 978-2-952-52663-0

à mes enfants exemptés de tout dogme,
et à tous ceux qui croient sincèrement détenir la vérité !...

Jack MINIER

Testament
d'Outre-Glaces

Roman

Diamedit

" Pendant l'Âge d'Or, les Dieux vêtus d'air marchaient parmi les hommes. "

HESIODE (Les travaux et les jours).

Une équipe d'amis

L'homme baissa le niveau sonore de son télémédium portable et se versa un café.

Il s'appelait Félix Schwartz. Il était grand et bien bâti, blond avec le menton un peu épais, et portait assez facilement sa cinquantaine. Son air autoritaire, naturel chez lui, et sa pointe d'accent due à son origine germanique convenaient parfaitement au boulot qu'il faisait sur cette base perdue de Terre Adélie, par cet fin d'été austral de 2053. Il était l'ingénieur en chef responsable de la base locale de l'O.R.HUM.

L'Organisation pour la Recherche Humanitaire avait en effet implanté dans ce coin de terre australe du bout du monde une base de recherches et d'expérimentations sur les organismes biologiques vivant aux plus basses températures de la planète.

— Ah ! Güten tag, Germain. As-tu vu ce matin, le Président a encore parlé des ours polaires ? Ça devient une véritable obsession chez lui ma parole !

Germain Cousins venait d'entrer dans la salle du réfectoire. C'était l'heure du petit déjeuner. Légèrement flegmatique comme tout bon anglais mais peu enclin à parler avant d'avoir avalé quelque chose, il prit le temps de boire un grand verre de jus de fruit vitaminé avant de répondre à son ami.

— Oui, je l'ai vu. Je me demande si c'est l'approche de la période électorale ou l'âge qui lui donne le désir de laisser une bonne image en partant, mais je ne l'ai jamais autant entendu se préoccuper de la survie des espèces menacées. Mise à part la sienne bien sûr !

— Allons, Germain, ne sois pas aussi sévère avec lui. Je sais bien que ta spécialité de biologiste t'a donné l'habitude d'examiner les êtres au travers du microscope, mais il s'agit d'un homme, pas d'un enzyme.

— Justement ! Les enzymes au moins, ça le lave, le linge sale !

— Tu ne lui pardonneras jamais, hein ? Tu n'as pas digéré qu'il ait coupé les crédits à l'office des glaciers, il y a déjà quinze ans !

— Non, c'est vrai. Je ne l'ai jamais digéré. Et c'est bien la faute des gens comme lui qui n'ont pas pris conscience assez tôt des risques encourus si nous en sommes là aujourd'hui !...

— Ne sois pas injuste en prime, tu sais très bien qu'il y a quinze ans, il était déjà trop tard pour retourner ou même arrêter le processus. Avec tout ce qu'ils avaient balancé dans l'atmosphère au siècle dernier, il était déjà impossible de stabiliser la situation en l'an 2000, alors, quarante ans plus tard... Quand le Président est arrivé au Conseil d'Atlantanie, le mal était fait et c'était imparable. Je m'en souviens très bien, c'était en 2048, l'année où j'ai épousé Jeanne. L'année aussi où les premiers Atlantaniens ont posé le pied sur Mars.

— Il était le second président d'Atlantanie. Déjà, son prédécesseur avait laissé passer ses quatre ans sans montrer le moindre intérêt pour les populations côtières menacées, mais lui a été réélu deux fois sans le moindre effort supplémentaire. Tu devrais pourtant t'en souvenir, Jeanne est Niçoise d'origine n'est-ce pas ?

— Certes, elle était encore très jeune quand ses parents ont dû quitter la côte d'azur, juste après le premier raz de marée de 2039. Ils ont d'ailleurs bien fait, quand on sait que de toute manière maintenant, ils seraient sous trois mètres d'eau. Mais encore une fois, et ce n'est pas pour défendre à tout prix le Président, ne lui en veux pas autant. Il n'est pas le grand responsable de la situation d'aujourd'hui.

— Bof, ça n'est pas spécialement à lui que j'en veux pour ça. Ça n'est pas qu'à lui, en fait. J'en veux à tous ceux qui, comme lui et avant lui, n'ont pas su prévoir cela. Gouverner, c'est prévoir. Si l'on ne sait pas, il faut faire autre chose... Tiens, du médiashow par exemple. Regarde tous ces imbéciles souriant de leurs belles dents sur les écrans de Canal Atlantique tous les soirs. Ceux-là c'est sûr, ne prévoiront jamais plus loin que leur fin de mois. Mais avec eux, on est tranquille, ils ne risquent pas de nous gouverner un jour. Pourtant, ils ont leur public, ils trouvent même le moyen d'avoir des fans qui ne peuvent pas vivre une journée sans leur dose d'émotion par télé-identification.

— Oui, pour ça au moins, je ne suis pas mécontent de vivre en cette fin de 21ᵉ siècle en Atlantanie. Le droit de vote restreint aux seuls niveaux supérieurs immédiats nous épargne cette démagogie délirante qui a fait la perte des démocraties du siècle dernier. Quand je pense aux malheureux citoyens de Terre Orientale qui en sont encore à voter tous les sept ans pour ci, tous les trois ans pour ça, tous les cinq ans pour autre chose... Et tout ça pour une « démagocratie » qui ne dit pas son nom. Vraiment, je préfère encore un Président qui se trompe de temps en temps mais qui reste honnête et humain.

— Félix, je t'aime bien. Tu seras toujours quelqu'un de loyal au pouvoir en place et à la structure établie. Et c'est une grande qualité, car lorsqu'on travaille en équipe, on sait que l'on peut compter là-dessus. Sans doute est-ce la raison pour laquelle tu es devenu ingénieur en mécanique en climat glaciaire. Mais tu le sais, je suis à moitié français par ma mère et j'ai hérité d'elle un esprit un peu plus sceptique, plus frondeur que beaucoup d'autres Atlantaniens. Pour moi, la biologie est une perpétuelle découverte. Il n'y a jamais aucune certitude avec le comportement des êtres vivants. Ta mécanique a ses lois immuables, sur lesquelles tu peux te reposer pour escompter un résultat et prévoir en conséquence tes dispositions. Mais ma biologie comporte une dimension de plus, complètement imprévisible et aléatoire : celle de la vie. Ou plutôt, celle de la survie. Car c'est cela qui dicte l'adaptation au milieu.

Si l'on considère la société des hommes du point de vue de l'entomologiste ou du biologiste, on voit les choses très différemment de ce qu'en perçoivent les autres observateurs. En fait, les sociétés se cherchent et s'organisent avec un certain désordre apparent, mais sur la durée, les choses finissent toujours par se recaler, pour finalement rentrer dans un certain ordre provisoire. C'est une question de mûrissement, de capacité à accéder au stade suivant de l'évolution. Les citoyens de Terre Orientale ont encore quelques décennies de retard sur notre propre système, mais ils y viendront à leur tour. Crois-moi, il ne suffit pas d'élire de grands hommes probes pour faire une grande confédération. Il faut aussi que les nations qui la composent aient atteint un certain niveau de conscience et de responsabilité. Tant qu'elles ne l'ont pas atteint, elles n'ont que ce qu'elles méritent en tant que nations. Et tant pis si leurs propres ressortissants en pâtissent, même si ça nous paraît insupportable. Les peuples doivent comprendre par eux-mêmes les travers qu'ils ont à corriger. Cela s'est déjà vu dans le passé à de nombreuses reprises, et après quelques générations, les esprits évoluent généralement. C'est pourquoi je suis relativement confiant quant au sort futur des régions de la Terre Orientale. Je le suis moins pour l'avenir des ours du Président ! L'évolution les condamne sans rémission ! Non, vois-tu, Félix, ce qui me gêne le plus dans tout ça, je veux dire dans la politique en général, c'est qu'en Terre Orientale comme en Atlantanie, tout soit tellement fliqué, surveillé, espionné, qu'on doive toujours avoir un œil dans le dos pour être sûr d'aller aux toilettes tout seul. Je sais bien que la nature des deux systèmes et leurs idéologies respectives les opposent, et qu'il leur faille s'informer sans cesse des évolutions de la société d'en face, mais, même si ces procédés ont évité toute guerre ouverte depuis le début du siècle, j'en ai quelquefois marre de cette sensation permanente que j'ai d'être en liberté surveillée. J'envie souvent les ermites et les moines qui vivent retirés du monde. C'est d'ailleurs une des raisons qui m'ont amené ici.

— Je suis assez d'accord avec vous, Germain, même si l'heure me semble encore un peu matinale pour discuter philosophie.

Les regards se tournèrent vers la porte du réfectoire : Myriam venait d'entrer. Elle était le médecin de la base et accessoirement journaliste et reporter-photographe pour diverses revues scientifiques mondiales. Mais elle était aussi bien plus. Elle était le charme même, ravissante jeune femme de vingt-six ans aux yeux noisette sous une chevelure mi-longue auburn, tirant sur l'acajou, son éternelle bonne humeur affichée laissant entrevoir la nacre de son sourire constant.

Sa présence était une douceur permanente pour les quelques hommes partageant la gentillesse qu'elle propageait autour d'elle et ils lui portaient tous une véritable affection. La vie sans elle aurait été moins facile à supporter sous cette latitude où la seule chaleur que l'on pouvait espérer était la chaleur humaine. Elle était leur rayon de soleil, leur petit bonheur de chaque jour. Quelquefois même celui de la nuit si le besoin s'en faisait sentir. La sexualité était devenue une fonction d'équilibre psychique bien distincte des passions et des sentiments depuis quelques décennies maintenant, et Myriam était une femme au grand cœur. Peut-être nourrissait-elle un sentiment particulier envers David mais c'est à peine si elle le lui laissait deviner, à lui seul quand ils étaient tous les deux, pour ne pas créer de dissensions dans l'équipe. Son comportement envers les autres membres de la base n'en souffrait aucunement et chacun pouvait sans complexe lui proposer une soirée intime au coin du feu. Comme elle ne faisait pas les choses à moitié, et qu'elle s'était beaucoup intéressée aux cultures antiques et aux philosophies orientales, elle connaissait parfaitement le tantrisme et mettait à profit ses connaissances dans ses relations physiques. C'est dire l'attrait qu'elle exerçait sur ses compagnons.

Mais l'excellent médecin qu'elle était imposait également respect et admiration. Cela contrebalançait les risques de dérive vers une familiarité vulgaire qui auraient pu naître de sa nature de femme au grand cœur.

— Ah, Myriam ! s'exclama Félix, nous parlions du Président et de son obsession à propos des ours polaires, avant que la conversation ne s'égare. L'avez-vous vu ce matin sur canal

13

Atlantique ? Vous qui avez fait de la psychologie, que pensez-vous de cette marotte assez nouvelle chez lui ?

— Ma foi, mon cher Félix, je ne saurais juger de la santé mentale d'un homme comme lui sur le simple fait qu'il se préoccupe soudainement d'une espèce menacée. J'aurais pourtant tendance à penser que lorsqu'il parle de l'ours polaire, c'est plus le symbole que le plantigrade qui revient dans son discours. Et par là-même, le Président exprime un souci d'ordre métaphysique, celui de voir se dérouler sous nos yeux, sans rien pouvoir y faire, l'inexorable fatalité de l'extinction pour une quelconque espèce. En l'occurrence, il s'agit des ours polaires qui ont vu leur domaine glaciaire se réduire comme peau de chagrin depuis cinquante ans et du même coup leur nombre diminuer à une allure vertigineuse. Germain doit bien connaître ce problème n'est-ce pas ? Vous avez travaillé à vos débuts à l'Office des glaciers ?

— En effet...

— Eh bien, selon moi, sans doute à cause de son âge avancé, le Président reporte sur l'ours son angoisse devant la mort. Qui serait certain de n'en pas faire autant à son âge ? Devant la porte de l'inconnu chacun de nous est concerné par cette interrogation.

— Oui, oui, oui... Ça tient debout comme raisonnement, admira Félix.

Sur ces entrefaites arriva dans la pièce Ros Chea-Nin, vietnamien cuisinier-électronicien homme-à-tout-faire de la base, portant sur une desserte des œufs frits et un plateau de fromages qu'il posa sur la table.

— Bonjour tout le monde ! Comment allez-vous Docteur Myriam ? Bien dormi ? John est arrivé ce matin avec la nouvelle tête de foreuse. Julius et David sont en train de l'installer. John se repose du voyage, et voici le courrier et les revues qu'il a rapportés.

John Square était le pilote de la base. Mais il était aussi le conducteur d'engins en tous genres le plus remarquable que la Terre ait porté. Tout ce qui avait un manche ou un volant devenait entre ses mains un outil d'une précision incroyable.

C'était donc lui qui était allé chercher la foreuse spéciale commandée pour les travaux de carottage en grand diamètre qui étaient nécessaires aux études menées par l'équipe. D'origine américano-indienne, il avait passé la cinquantaine mais sa forme physique était stupéfiante pour son âge. Il dépassait d'une tête la moyenne de ses compagnons et pourtant les dernières générations d'atlantaniens flirtaient couramment avec le mètre quatre-vingt-dix. Ce géant était un grand enfant, il avait été élevé dans les premières années du XXIe siècle avec les débuts de la télémédie (à l'époque on appelait ça la télévision car en fait on ne pouvait que la regarder sans pouvoir y intervenir), et il avait grandi parmi les bandes dessinées de Guy l'éclair et le cinéma de Lucas et Spielberg. Depuis, il ne rêvait que de faire LA rencontre du 3e type, et s'était toujours intéressé aux machines, volantes, roulantes, flottantes, lévitantes, de toutes espèces. C'était le type même de la bonne pâte, toujours prêt à rendre service aux copains au risque parfois d'y laisser sa peau, mais sa grande habileté et la chance avaient toujours bien servi John Square.

Julius Romanick, 28 ans, slave et romantique dans l'âme était le plus jeune des hommes de la troupe. Ingénieur en physique des solides, il n'en aimait pas moins passionnément la mer, la solitude et la poésie du XIXe siècle. Il vouait une admiration sans borne à Jules Verne et ne manquait jamais une promenade au bord de l'océan, parmi les manchots et les phoques. Il profitait de chacune de ces promenades pour jeter à la mer une bouteille dans laquelle il avait glissé ce qu'il appelait un rouleau-poème. C'était souvent de purs chefs-d'œuvre qui s'en allaient ainsi au gré des courants, vers les grèves inconnues de continents lointains. La plupart de ses envois n'arrivaient jamais nulle part, mais de son premier séjour deux ans auparavant, sur la centaine d'envois qu'il avait confiés à la mer, trois inconnus aux antipodes avaient trouvé que son talent méritait au moins qu'on lui fasse savoir qu'on l'avait lu. Julius n'avait jamais été aussi heureux de recevoir un compliment que ces fois-là.

David Storm était géologue. Frisant la quarantaine, assez bel homme avec des tempes argentées qui ajoutaient à son charme, il avait pour lui l'élégance et les manières qu'inculquent une excellente éducation et une grande culture. Polyglotte, il parlait couramment sept langues et une dizaine de dialectes, possédait parfaitement quatre ou cinq langues anciennes et était capable de déchiffrer correctement du Sanscrit ou des hiéroglyphes. Il prétendait que le langage n'est différent d'un peuple à un autre que par de minimes détails de prononciation, mais qu'une origine commune des mots se retrouve dans presque toutes les langues. Avant de se spécialiser dans la géologie et la tectonique, il avait pour le plaisir fait le tour du monde à pied pendant quatre ans et passé au retour une licence d'Histoire des techniques. Juif d'origine, il s'était converti, à l'occasion de ce long voyage, au bouddhisme tibétain.

Pour l'heure, ayant terminé le montage de la tête de foreuse, il s'en revenait déjeuner avec son compagnon Julius.

— Pas de problème ? demanda Félix en les voyant entrer.

— Aucun problème, tu peux faire confiance à John pour ce qui est de ces sacrés engins, répondit David. Julius et moi n'avons pas eu à jouer du moindre coup de marteau, tout ça s'est placé au poil exact dans son logement et les tubes sont prêts à descendre.

— Parfait ! Nous commencerons donc le forage à midi. Que tout le monde soit prêt. Jusque-là, détendez-vous et profitez-en pour prendre connaissance de votre courrier. Le médiafax est disponible pour trois heures de satellite.

Les communications en 2 053 s'étaient nettement améliorées depuis le début du millénaire. Fini les queues devant les guichets des télécams où le vieux système des tickets vous obligeait encore à perdre un temps fou pour faire compresser votre carte postale électronique avant de faire encore la queue pour l'accès à un terminal d'expédition d'un des dix huit satellites de l'époque. Aujourd'hui, avec les quatre cents stations permanentes en orbite et les milliards de connections neuronales des bio-ordinateurs, les écrans tactiles extra-fins analysaient votre empreinte manuelle ou votre iris et attribuaient immédiatement un canal au débit de votre compte attitré. Certes, tous les Atlantaniens ne jouissaient pas de ce privilège. Il fallait faire partie d'une élite, ou pour le moins figurer au fichier des habilitations. Moyennant quoi on pouvait se connecter à n'importe quel télémédium particulier en n'importe quel point de la planète, y compris en Terre Orientale, sauf qu'en cette partie du monde on pouvait être certain que la carte postale serait lue par d'autres personnes que le seul destinataire.

Chacun rentra donc à son appartement vaquer à ses occupations jusqu'à midi moins cinq. À midi, tout le monde se retrouva au sas d'embarquement du léviteur.

Cet engin de transport rendait vraiment des services appréciables sur la base. C'était une espèce de gros camion sans roue, bien plus pratique que les anciens engins à coussins d'air qui avaient équipé la base jusque dans les années vingt et qui soulevaient un brouillard impossible dès qu'il y avait eu des chutes de neige. Maintenant, il n'y avait plus ce problème : qu'il neige, qu'il vente, qu'il givre, rien n'empêchait plus les hommes de sortir par tous les temps tout en restant à l'abri des températures glaciales et des tempêtes de neige. Par ailleurs, l'incroyable stabilité de cet engin, alliée à la dextérité de John qui le pilotait, avait permis de contrôler et d'effectuer les opérations de forage directement depuis la cabine, sans quitter le confort douillet de ce PC opérationnel en suspension au-dessus des glaces.

Quelques minutes plus tard, la nouvelle foreuse à lasers était au bout de son tube et commençait à s'enfoncer doucement dans la glace. Tout en surveillant les compteurs et les écrans, les hommes reprirent la conversation. John lança :

— Dis-nous un peu, David, comment travaillaient les pionniers de la fin du siècle dernier qui ont fait des carottages dans le coin ?

— Oh ! Je ne veux pas vous faire pâlir d'envie. On ne peut plus imaginer dans quelles conditions ils essayaient de sortir chaque jour pour transporter dans le froid intense et avec des moyens presque primitifs les longs tuyaux métalliques qu'ils emmanchaient les uns au bout des autres. Dans le froid qui régnait ici à l'époque, c'était extrêmement dangereux et leur souffrance physique était importante. Ils ne pouvaient d'ailleurs pas rester très longtemps sur les bases légères qu'ils avaient installées. Il leur fallait rentrer en moyenne au bout de six mois, quand il n'était pas nécessaire d'effectuer un rapatriement d'urgence pour cause de brûlure grave par le froid ou autre accident. Mais même cela n'était pas toujours possible. Les moyens de transport de ce temps-là étaient plutôt rustiques et les transports par air étaient proscrits, pour éviter une pollution trop importante. Comme les bateaux ne pouvaient aborder ici que pendant la saison chaude, ils étaient souvent obligés d'attendre encore six mois le bateau suivant. Dans leurs installations exiguës, la promiscuité était mortelle, certains n'en pouvaient plus, les équipiers s'énervaient et on a quelquefois vu des bagarres éclater comme au temps de la marine à voile. Il faut dire que le climat à cette époque était de quatre à six degrés plus froid qu'aujourd'hui en moyenne sur la planète. Imaginez ce que ça pouvait être ici. Toutes les terres que vous voyez autour de vous étaient enfouies, même en plein été austral, sous cent cinquante mètres de glace. C'est d'ailleurs assez amusant de penser que ces cent cinquante mètres d'épaisseur ayant fondu, nous vivons et marchons maintenant sur la couche superficielle datant de l'époque de la Révolution Française... D'une certaine manière, nous avons pris la machine à remonter le temps.

— Oui, rétorqua Félix, c'est d'ailleurs ce que nous sommes précisément venus faire ici, sur le plan bio-chimique bien sûr, en retrouvant les micro-organismes capables de survivre, dans une espèce de léthargie, aux températures très basses qui ont régné ici depuis 25 000 ans et qui sont aujourd'hui menacés par cette fonte trop rapide. Germain me corrigera si je dis une bêtise, mais ça ne fait que quelques années que l'on s'est aperçu que ces micro-organismes existaient.

À la fin du XXe siècle, on a trouvé de la vie en l'absence d'oxygène au fond des océans, à des pressions fantastiques, en l'absence de la chaleur et de la lumière du soleil, et les savants de l'époque ont eu du mal à l'admettre mais c'était une réalité. Quand on a découvert les bio-frigéniques, ça a été la même chose. Les milieux scientifiques officiels ont hurlé à l'imposture pendant des mois, et maintenant, nous sommes là depuis trois ans et nous en avons déjà une pleine récolte de spécimens divers. La vie est vraiment incroyable. Germain a raison, je m'étonnerai toujours de cette faculté d'adaptation des êtres vivants. Voilà que les hurleurs d'hier se sont mis en tête d'utiliser nos trouvailles pour envoyer des missions en dehors du système solaire. N'est-ce pas aussi quelque chose d'incroyable ? Soixante-six ans après la lune, voici que des hommes vont quitter le système solaire.

— Tu vois, John, ton vieux rêve va se réaliser, en forant pour trouver ces petits êtres, tu vas la faire ta rencontre d'extra-terrestres ! plaisanta Germain.

*

Une trouvaille embarrassante

L'équipe de forage du matin revint déjeuner ce jour-là avec précipitation, faisant montre d'une excitation tout à fait extraordinaire. Elle était composée de Julius, John et David, qui étaient partis comme à l'accoutumée dès la pointe du jour. Un peu avant midi, le silence tomba sur les communications entre la base et le léviteur. Un bref message de John avait simplement signalé qu'un des passagers était légèrement souffrant et qu'il préférait rentrer plus tôt. Myriam était donc à la porte du sas à l'arrivée de l'engin de transport, avec Félix légèrement inquiet de ce procédé inhabituel. En voyant débarquer tout excités ses compagnons, toujours très professionnels quand il s'agissait du travail, il eut d'abord un regard réprobateur, puis interrogatif.

David lui déclara vivement :

— Pas ici, Félix, pas ici. Convoque tout le monde au réfectoire dans dix minutes. Mais n'aies surtout aucune inquiétude, prépare-toi seulement à une énorme surprise. Ah ! autre chose : si tu as l'O.R.HUM. ou qui que ce soit sur télémédium, ne dis surtout pas un mot de cet incident. Je compte sur toi ?

— Hum, ça n'est pas réglementaire. Mais ça va, j'attendrai bien dix minutes avant de décider.

— Je te remercie, Félix. À tout de suite, le temps de me changer et j'arrive. Allons-y les gars.

21

Dix minutes plus tard, tous les membres de l'équipe étaient réunis, au grand complet devant une grande thermos de café brûlant et chacun s'apprêta à entendre la raison de ce remue-ménage.

— Allez chercher la Chose ! dit David à John et Julius qui se dirigèrent vers le léviteur.

— La Chose ? s'étonna Germain. Qu'avez-vous donc trouvé au milieu des glaces ? Vous avez rencontré un OVNI ? Un traîneau du siècle dernier ?...

— Vous allez voir, attendez seulement trois minutes...

Julius et John revenaient en portant dans une couverture, sans effort apparent, une forme ronde comme une espèce d'énorme ballon qui devait bien mesurer un mètre cinquante de diamètre. Ils posèrent la couverture et son contenu devant leurs compagnons.

Tous firent un cercle autour de la "Chose". Chacun regardait sans y croire cet étrange objet, incroyablement insolite en cet endroit.

Sa forme était une sphère parfaite, sous quelque angle qu'on la regardât. Sa surface semblait métallique et était absolument lisse. Pas une aspérité, pas une bosse, pas un creux, rien qui ressemblât à une poignée ou même une ouverture. La seule apparence de jointoiement paraissait être à ce qui pouvait s'analyser comme son équateur. Mais il y avait tout de même des choses à dire sur son aspect : des signes étaient visibles sur la surface. Etait-ce une sorte de peinture ou une teinture dans la masse du matériau ? Il ne le semblait pas, on aurait dit plutôt une manière d'irisation de la structure elle-même, comme certains aciers brossés noirs, ou comme ces images enfantines qui changent d'aspect quand on change d'angle d'éclairage ou d'observation. Une sorte d'hologramme de surface, si l'on peut dire.

Ces signes ne ressemblaient à rien d'habituel. Certains avaient des formes géométriques familières, d'autres semblaient être des assemblages de signes simples, un peu à la manière des hiéroglyphes.

La surface de la "Chose" était remplie de ces dessins qui

avaient à l'évidence, une signification. Mais laquelle ?...

— Qu'est-ce que c'est que ce truc-là ? demanda Félix. Et d'abord, où avez-vous fait cette trouvaille ?

— C'est ça le plus étonnant, justement ! répondit David. Nous ne l'avons pas trouvée. Nous l'avons... récoltée !... Cette "Chose" est apparue à nos yeux dans la carotte de glace sortie par la foreuse... Vous comprenez ce que cela signifie ? Nous sommes au niveau moins deux mille mètres ! Cette Chose a Vingt mille ans d'âge !... VINGT MILLE ANS !... et ça n'est visiblement pas de la pierre taillée !...

Personne n'en croyait ses oreilles. Les yeux n'étaient pas assez ronds pour s'écarquiller davantage et passaient tour à tour de la Chose à ses découvreurs, de ses découvreurs à la Chose. Tout le monde comprenait... comprenait lentement, très lentement car c'était difficile à admettre, que cette Chose bouleversait par sa simple existence toutes les données communément établies et acceptées sur l'histoire de l'humanité, toutes les certitudes des historiens sur l'évolution, comme celles des philosophes et les enseignements des religions.

La simple présence de cette Chose au milieu d'eux remettait tout le passé en question.

*

— Restons calmes ! se reprit Félix, autant pour lui-même qu'à l'adresse de ses compagnons. Ce truc est pire qu'une bombe. Sous son apparence inoffensive, cette foutue boule risque de faire perdre la leur (de boule) à des tas de gens sur la planète. Nous sommes pour l'instant sept personnes ici, isolées du reste du monde pour quelques temps encore, et nous sommes les seuls à savoir qu'elle existe. David a raison de recommander le silence absolu pour l'instant, mais ça ne pourra pas durer, à moins qu'on la remmène d'où elle vient. C'est une hypothèse qu'il faut garder en réserve mais que j'écarte pour l'instant. Si nous en parlons à l'O.R.HUM., le monde entier va savoir dans les cinq minutes qui suivent et on va voir débarquer ici des tas de curieux qui n'ont rien à y faire. De plus, je ne suis pas sûr que le comité dirigeant prendrait au sérieux une telle annonce.

Entre nous, nous nous connaissons suffisamment pour être sûrs des conditions dans lesquelles l'équipe de forage de ce matin a fait cette découverte. Nous avons tous une parfaite confiance réciproque, et cette Chose est là sous nos yeux pour nous démontrer son existence. Mais on peut être sûr que dès l'instant où elle sera sortie de ce cercle, la certitude de cette information sera attaquée de toutes parts par les incrédules qui nous accuseront d'imposture, de mensonge, de fabrication de preuves, de mythomanie, que sais-je encore ? La mission n'y résisterait pas et l'équipe non plus. Il est donc urgent de ne rien faire qui pourrait propager la nouvelle. Par contre, il faut immédiatement constituer un dossier des plus précis, contenant les preuves irréfutables des conditions de cette découverte... David, je suppose que tu as pris un minimum de précautions à ce sujet avant de nous amener cette Chose ?

— Bien sûr, Félix, j'ai enregistré toutes les données du forage de ce matin et conservé la carotte de glace dans un conteneur spécial, à part des autres. Avant d'extraire la Chose de sa gangue de glace, j'ai pris des vues sous toutes les coutures de la carotte où l'on voit parfaitement bien la Chose incluse dans la glace par transparence. Les compteurs de l'enregistreur montrent la date et l'heure du forage et celles des prises de vues. J'ai sauvegardé toutes ces données sur le disque optique que voici. Comme il n'est pas plein, je pensais qu'il pourrait servir à enregistrer encore les informations supplémentaires que nous pourrions obtenir de cette Chose par son examen en laboratoire.

— Bravo David ! Nous voici donc en possession des preuves relatives à la crédibilité du processus de la découverte. La carotte est en sûreté et ne risque pas de fondre comme il eût pu être à craindre. Une preuve fondante n'est plus une preuve...

Maintenant, effectivement il faudrait s'occuper un peu de cette Chose. Myriam pourrait nous faire un beau reportage photo là-dessus, et Julius et toi pourriez vous occuper des tests en laboratoire ? Les autres continuent leur boulot comme si de rien n'était. Il faut que la mission continue sans heurt pour que personne ne vienne mettre son nez ici. Êtes-vous tous d'accord ?

— OK, ça va pour moi. dit John.

— Ça va pour nous aussi. acquiescèrent les autres.

— Parfait ! N'oublions pas pour autant de déjeuner. Ros, cher Maître-queue et néanmoins ami, que nous as-tu préparé qui puisse marquer un tel événement imprévu ?

— Aujourd'hui patron, j'avais prévu des boulettes surprises enrobées. Ah ! Vous allez voir, l'enrobage fond dans la bouche, humm... On découvre soudain le goût étrange venu d'ailleurs...

— Farceur, tu n'avais tout de même pas prévu ce coup-là ?

— Non patron, c'est simplement une vieille recette de famille qui permet d'utiliser les restes. Mais vous verrez, c'est délicieux. Et pour le dessert, je ne vous dis rien, vous en resterez babas...

— babas... O.R.HUM. ! firent en chœur les convives.

*

Un mystérieux message

La Chose avait été transportée au laboratoire et les premiers tests avaient commencé sous la direction de Julius Romanick le poète, qui semblait le mieux qualifié pour réaliser une enquête technique sur ce solide étrange.

Il avait été convenu d'une procédure que chacun devait suivre à la lettre. Dans le cas où un accident imprévisible surviendrait, un collègue pourrait reprendre au point précis examiné avant l'accident. C'est la stratégie utilisée par les démineurs et elle a fait ses preuves souvent, malheureusement pour cette corporation. En l'occurrence, s'il était évident qu'il s'agissait d'un objet fabriqué, et fabriqué par une intelligence et une technologie extrêmement développées, il ne semblait pas que l'on eût affaire à une mine. Cette hypothèse avait été écartée d'emblée par le simple fait qu'une mine ne serait pas décorée de ces glyphes chatoyants, assez jolis d'ailleurs, qui recouvraient sa surface. On ne peut imaginer un être doué d'intelligence, quel qu'il soit, humain ou non, qui prendrait la peine de décorer de cette manière un engin destiné à exploser ou à tuer, d'autant qu'il n'existait aucune aspérité. Ça n'était donc pas une mine. Mais ça pouvait quand même présenter un risque inconnu, d'intensité impossible à évaluer. Un minimum de précautions s'avérait donc nécessaire et c'est la raison pour laquelle cette procédure avait été retenue.

Les premières tâches avaient consisté à mesurer la Chose en long et en large si l'on peut dire puisqu'elle était sphérique ou presque, ainsi que nous allons le voir. Son diamètre extérieur était précisément de 1,274 mètre au niveau de ce qu'il avait été convenu d'appeler son équateur. Il était légèrement plus faible dans le sens vertical d'un pôle à l'autre. Cette disposition en faisait une sphère presque parfaite, tout juste un peu aplatie, mais on mit cela sur le compte d'une déformation possible due aux pressions énormes que la Chose avait subies pendant son séjour de vingt mille ans sous plus de deux mille mètres de glaces comprimées.

Elle fut pesée avec soin et l'on trouva une première fois le chiffre de cinquante-huit mille sept cent douze grammes. Bizarrement, chacune des pesées suivantes donna une valeur approchante mais chaque fois différente, faisant apparaître des variations minimes qui restaient toutefois inexplicables sur le plan scientifique de quelque manière que l'on s'y prenne. La seule chose que la pesée permit de supposer, mais seulement de supposer, était la probabilité que cette Chose soit creuse. Si l'on frappait la surface en certains points avec un instrument contondant, elle émettait une vibration sonore ne laissant que peu de doutes sur sa résonance. Mais en d'autres points, elle ne sonnait pas autre chose qu'un bruit mat.

L'étape suivante consista à essayer d'analyser les constituants de sa matière. Cela avait toute l'apparence d'un métal, mais il s'avéra qu'aucun outil n'était capable d'entamer sa surface. On ne pouvait pas en prélever un quelconque échantillon qu'on eût pu placer dans le microscope électronique ou dans le scanner. On en était réduit à faire un examen de surface purement optique avec les instruments moins performants bien sûr que les gros systèmes spécialisés disponibles sur la base, mais prévus pour des échantillons. Néanmoins, on fit quelques constatations intéressantes : ce que l'œil humain prenait pour une surface lisse ne l'était pas dans l'absolu.

1°) De microscopiques raies striaient la surface dans des sens différents selon l'endroit où l'on examinait la Chose.

2°) Ces stries n'étaient apparentes qu'en mode d'éclairage

rasant.

3°) C'était elles qui provoquaient cette mouvance apparente des glyphes qui couvraient la surface.

— Voilà tout le résultat que nous avons pu obtenir jusqu'à maintenant, constata Julius en rapportant à ses compagnons le produit assez décevant de ses investigations. Nous ne sommes pas beaucoup plus avancés qu'il y a trois jours. Je me fais l'impression d'une poule qui a trouvé un couteau. Pourtant ça ressemblerait plutôt à un œuf !

Félix prit la parole :

— Ach ! Cette vieille histoire de l'œuf et de la poule !... Résumons plutôt : nous avons trouvé cette Chose dans un site inimaginable même pour nous il y a seulement trois jours. Nous ne savons pas ce que c'est, ni si ça sert à quelque chose, mais nous pouvons être certains que ça n'est pas un objet naturel. Cette Chose est le produit d'une technologie extrêmement avancée. La preuve nous en est donnée par le fait que ces stries sont visibles seulement en lumière rasante. Ce qui conduit à conclure que les êtres qui ont fabriqué cette Chose connaissaient les propriétés de la lumière au point de réaliser volontairement ces raies microscopiques sur la surface d'un matériau que nous ignorons. Cela prouve qu'ils connaissaient également les effets mécaniques des traitements de surfaces sur les ondes électromagnétiques. C'est de l'optique de haut niveau par rapport aux connaissances dans ce domaine qui commençaient à se faire jour au siècle dernier. Nous sommes tous ici, en 2 033, habitués à manipuler ces concepts, mais nous parlons maintenant, je vous le rappelle, d'une Chose qui a été construite il y a vingt mille ans au moins.

— Oui, renchérit David, cette Chose a certainement une importance extrême, ou du moins en a eu une à l'époque, pour que son ou ses concepteurs aient pris la peine d'user d'une telle technique. L'incroyable dureté du matériau employé en est une preuve supplémentaire. Les mêmes stries auraient pu être réalisées avec sans doute beaucoup plus de facilité dans du bronze ou du cuivre, ou de l'or, ou n'importe quel métal connu de l'antiquité. Mais ils n'ont pas choisi la facilité. Ils ont fait du solide, sans pouvoir imaginer à quel point puisque nous voici avec leur œuvre intacte, quelques vingt mille ans plus tard. Cette Chose n'a pas été fabriquée à la légère, elle correspondait à un besoin sérieux de ses constructeurs. Reste à comprendre qui ils étaient et à quoi ils destinaient cette Chose qui n'a visiblement pas rempli son office puisqu'elle a échoué en ces lieux.

— Qu'est-ce qui peut te laisser supposer qu'elle n'a pas rempli son office avant d'échouer ici ? questionna Myriam. Cette Chose n'a peut-être pas d'autre but que la décoration, ou l'instruction. En ce cas, on la regarde et son office est rempli. Prends par exemple les sculptures de certains artistes contemporains, bien plus moches que ça pourtant, elles n'ont pas d'autre but que d'être montrées, vues et éventuellement admirées par de prétendus connaisseurs. Regarde les mappemondes des siècles derniers, elles n'avaient d'autre sens que de représenter la Terre en réduction pour l'éducation des écoliers. Pourtant, elles sont généralement creuses mais sans raison particulière de l'être.

— Une mappemonde... Tu as dit une mappemonde ! C'est ça, j'en suis sûr, s'écria David. J'aurais dû y penser moi-même. Je ne saurais expliquer pourquoi, je suis sûr d'être dans le vrai... C'est indéfinissable, je sentais depuis le début de cette affaire que quelque chose de flou se dessinait dans mon esprit à ce sujet, mais je n'arrivais pas à saisir ce dont il s'agissait. C'était, vous savez, comme lorsqu'on a quelque chose sur le bout de la langue. On le sent, on sait qu'on le sait, mais on n'arrive pas à le dire. J'éprouvais la même impression depuis deux jours, en fait, depuis qu'on a trouvé ces minuscules stries en surface. Je ne comprends pas pourquoi, mais je suis certain que ces stries ont un rapport avec le fait que cet objet EST une mappemonde. Nous avons sous les yeux une MAPPEMONDE d'avant le Déluge !

— Ça n'est pas très scientifique comme méthode de déduction, mon cher David ! Je veux bien croire qu'il s'agit d'une mappemonde antédiluvienne, faudrait-il encore m'en apporter la preuve. Je ne me contenterai pas de ton inspiration illuminatrice ! répliqua Félix sur un ton amusé.

— Je ne plaisante pas, Félix ! La manière dont je suis

convaincu moi-même ne regarde que moi, mais je trouverai le moyen de vous prouver ce que j'avance. Je crois même... non, c'est trop tôt pour en parler... Ros, est-ce que tu sais si nous avons ici, sur cette base, un prisme ?

— Un prisme ?

— Oui, pour décomposer la lumière.

— Je crois savoir où en trouver un, assura Ros. Dans la réserve de la première expédition, je crois bien avoir vu un vieux réfractomètre à balayage qui doit nécessairement en comporter un. Je ne sais pas dans quel état il sera...

— Dès l'instant où le prisme est intact, ça suffira.

— Que veux-tu faire de ça ? demanda Julius.

— Je veux sélectionner des bandes dans le spectre lumineux et éclairer la Chose sous différentes longueurs d'ondes. J'ai la sensation que cela devrait donner quelque résultat. C'est totalement irrationnel, je vous l'accorde, mais ça ne coûte rien d'essayer, au point où nous en sommes.

— D'accord, approuva Félix, je ne comprends pas tes intuitions mais l'expérience peut être intéressante. De quoi as-tu besoin ?

— D'un prisme et aussi d'une petite installation que Ros devrait pouvoir me bricoler...

*

Dans la salle du réfectoire, Ros avait installé près de la fenêtre, suivant les indications de David, une grosse boîte qu'il avait bricolée à l'intérieur de laquelle il avait disposé le prisme. Les rideaux de la fenêtre avaient été fermés sauf un petit carré juste à hauteur de la boîte, de manière à recevoir depuis l'extérieur au moyen d'un jeu de miroirs, la lumière du soleil qui, par chance brillait depuis deux jours. L'un des capteurs solaires extérieurs avait été configuré pour renvoyer directement la lumière captée sur le miroir disposé derrière la boîte et de là sur le prisme. Ensuite, par un processus assez simple, la lumière décomposée en diverses couleurs de l'arc-en-ciel était renvoyée dans la salle par un projecteur. Un variateur permettait de faire changer la couleur projetée qui pouvait aller ainsi du violet au rouge en passant par toutes les autres bandes du spectre.

— Nous aurions pu utiliser de classiques projecteurs halogènes avec des filtres, expliqua David, mais il m'a paru indispensable d'utiliser pour cette expérience la lumière naturelle du soleil. Encore une fois, ne me demandez pas pourquoi, je serais bien incapable de vous l'expliquer rationnellement. Bon, on peut y aller ? Myriam, est-ce que tu es prête à filmer l'expérience ?

— On peut y aller, David, je suis prête.

— On va se faire un petit spectacle de music-hall... Allons-y, rideau !

Ros tira sur la corde qu'il tenait à la main et éteignit la lumière. David retira l'obturateur du projecteur, et un pinceau de lumière violette intense éclaira la table qui servait de scène. Sur la table, posée sur un coussin, la Chose trônait.

— Préparez-vous à un spectacle pour le moins surprenant, annonça David. Nous avons eu de la peine à y croire Ros et moi, lorsque nous avons fait cette expérience ce matin. Et nous avons eu toutes les peines du monde à réserver pour vous l'effet de surprise. Attention... À toi, Ros, musique please !...

Ros lança la quadriphonie et les spectateurs se sentirent soudain envahis par le flot montant de l'ouverture d'un très vieil opéra : Tsaaa... Tsaaa... Tsaaa... Tsa-Tsa... « Ainsi parlait Zarathoustra ».

L'intensité émotionnelle de cette œuvre inégalable emplit la petite salle de réfectoire tandis que David faisait lentement varier la couleur émise par le projecteur.

Sous le flux de lumière violette, la Chose sembla palpiter quelques secondes comme si elle eut été vivante. Par endroits, sa surface semblait absorber la lumière comme une éponge absorbe l'eau. Elle ne brillait pas, mais paraissait bouger. Oui, en fait elle bougeait ! Une force invisible la soulevait doucement, doucement, de son support. Elle s'élevait dans l'air, comme aurait fait le léviteur de transport. Ça n'avait rien d'étonnant en soi, mais quand on connait la quantité d'énergie qu'il faut au léviteur pour faire ça, il y a quand même de quoi s'étonner de voir cette si vieille petite boule faire la même chose dans un rayon lumineux !...

Et ça ne s'arrêta pas là...

David fit varier la couleur du rayon qui passa à l'indigo.

En s'élevant, la Chose s'était stationnée d'elle-même à une dizaine de centimètres au-dessus de la table, suspendue dans l'air dans la position légèrement penchée sur son axe du globe terrestre dans sa course. Et elle se mit à tourner sur elle-même...

Les spectateurs étaient muets. La musique emplissait les cœurs qui débordaient d'émotion. On eut dit le premier matin du monde...

L'éclairage indigo avait remplacé le flux de violet précédent et la Chose réagissait à la lumière de façon légèrement différente. Elle l'absorbait littéralement en certaines zones de sa surface, mais la reflétait à d'autres endroits. Ce phénomène avait pour conséquence de dessiner aux yeux des spectateurs un ensemble contrasté de zones sombres et de zones indigo. Et ce contraste faisait apparaître, au fur et à mesure de la rotation de la Chose sur elle-même, les contours reconnaissables des continents. Ils présentaient toutefois quelques différences avec les contours que l'on connaît de nos jours, après la montée des eaux. À supposer que cette Chose montrât l'état du globe tel qu'il était des milliers d'années auparavant, des différences très importantes sautaient aux yeux, plus importantes que celles que l'on aurait été en droit d'attendre selon les études officielles des dernières décennies, sur les variations océaniques des derniers millénaires ; les plaques continentales d'Amérique du Nord et du Sud, bien que séparées l'une de l'autre, semblaient beaucoup plus rapprochées de l'ensemble africain que l'on n'aurait osé l'imaginer pour cette époque. Une mer intérieure mangeait une grande partie de ce qui était encore l'Amazonie pour quelques temps sans doute, et une grande terre émergée de la grandeur de l'Australie apparaissait au milieu de l'Océan Atlantique, à peu près à la latitude du golfe du Mexique.

Le contour du continent Antarctique correspondait très exactement à celui qui était enseigné actuellement dans tous les cours de géographie d'Atlantanie depuis le début du siècle. Or, à cause des glaces le recouvrant, ce contour était encore invisible au siècle précédent. Il avait fallu pour le dessiner avoir recours aux images satellites par infrarouge mises au point seulement vers les années quatre-vingt dix.

La Chose continuait sa giration sur elle-même, faisant découvrir aux spectateurs médusés une Australie beaucoup plus basse en latitude et orientée de manière différente, un sous-continent indien encore détaché de l'Asie, et une vaste Terre émergée allant de Ceylan à l'Île de Pâques...

— Qu'est-ce que tout ça veut dire ? s'interrogea tout haut Julius. Ça n'est pas possible ! Ce ne sont que des légendes...

— C'est insensé, même si cette Chose a vingt mille ans, ça ne pouvait pas être ainsi... articula Félix. Nous savons très bien que l'Himalaya a deux cent millions d'années. Et cette tache, au milieu du Pacifique ! Qu'est-ce que c'est ? Ça ne peut pas être un continent !... Comme ce truc, d'ailleurs qui figure en plein Atlantique ! Tout le monde sait bien que l'Atlantide n'est qu'une légende, qu'elle n'a jamais existé, même si la légende a inspiré le nom de notre confédération moderne, nul n'en a jamais trouvé les traces...

— Je ne suis pas d'accord, l'interrompit Myriam. De nombreuses légendes rapportent l'existence de ce continent ainsi que d'un autre plus ancien encore, nommé MU, et qui aurait été situé exactement là où cette Chose nous le montre. Mais si de nombreuses légendes en parlent, les rares recherches qui ont été entreprises pour en retrouver des traces n'ont toujours été le fait que de personnes privées, privées surtout de vrais moyens d'exploration des fonds marins. Or, vous le savez, les hommes ont conquis la lune bien avant les grands fonds océaniques, et quand on connaît la vitesse de sédimentation à laquelle les navires coulés au siècle dernier se trouvent recouverts de coraux et autres agrégats de toutes sortes, on peut admettre qu'il n'est pas facile de retrouver des traces remontant à des dizaines de milliers d'années, sous l'eau. La vie ou la vase les ont recouvertes depuis bien longtemps. La seule chose qui n'ait pas tout englouti est la mémoire des hommes, mais le résultat est souvent le même car nombre d'informations essentielles ont été noyées dans les légendes que nous ne pouvons pas prendre au sérieux. Et c'est souvent dommage !...

— Myriam a raison, appuya David. Vous savez que j'ai pas mal voyagé quand j'étais étudiant, et j'ai passé quelques années en Inde, et à Ceylan, qui s'appelait Sri Lanka à l'époque. Il existe encore de nos jours dans ces cultures, des croyances qui voudraient que Ceylan soit un morceau du paradis perdu — et le fait est que cette île est un vrai paradis ! – qui se situait à l'est de cette terre enchanteresse.

Pour ce qui est de l'Atlantide, Platon est loin d'être le seul qui en ait parlé. Beaucoup d'autres écrits anciens y font référence, mais nos historiens n'y ont jamais ajouté foi, par manque de références certaines sur les documents en question. Et je n'inclus pas dans ceux-ci tous les documents que constituent les pierres, les sculptures, les bas-reliefs que nous prenons pour de la pure décoration, tous les monuments incompris tels que les menhirs, les dolmens qu'on trouve dans le monde entier, ou les pierres gravées de signes indéchiffrables pour nous, comme l'écriture de Glozel ou d'autres. Les seuls documents que nous pouvons accepter comme valables sont ceux que nous savons déchiffrer avec certitude. Alors bien sûr, Platon se retrouve bien seul pour soutenir sa thèse. Ça ne veut pas dire qu'elle soit fausse. Ça signifie simplement que nous savons lire une écriture mais pas déchiffrer les symboles. La datation chimique elle-même, sur laquelle les plus grands archéologues du siècle dernier basaient leurs conclusions, a été remise en question plusieurs fois. C'est ainsi que le Grand Sphinx a vieilli à plusieurs reprises de plusieurs milliers d'années à la fois. Aux dernières nouvelles il avait pris un grand coup de vieux en passant de l'âge vénérable de huit mille ans à plus de quinze mille. Mais je ne serais pas étonné si l'on me disait demain qu'il est aussi vieux que notre Chose... Nous savons bien, tous autant que nous sommes ici, que si les chercheurs comme nous n'arrêtent pas de chercher parce que c'est le sens même de leur vie, beaucoup de ces doctes professeurs des milieux universitaires se font plaisir en s'imaginant que leur science a tout expliqué, et n'arrêtent pas en fait de se tromper et de tromper leurs élèves indirectement.

D'ailleurs, on se trompe toujours quand on croit détenir la vérité. À plus forte raison quand on fait profession de l'enseigner. Je crois quand même que l'on peut s'en approcher un peu à chaque fois. Même les erreurs sont enrichissantes si l'on est capable de les reconnaître. Mais, si nous continuions... la Chose a sûrement d'autres choses à dire...

— Tu as raison, David. Est-ce que tu continues à enregistrer tout ça, Myriam ?

— Oui, oui, allons-y ...

David activa le variateur et une couleur bleue illumina la sphère. Les océans en prirent immédiatement la teinte avec toutes sortes de nuances allant du plus profond au plus clair. Inexplicablement, des formes se dessinaient et se mouvaient dans ces zones océaniques. Des formes assez simples, plutôt géométriques, quelquefois plus élaborées entre lesquelles on eut pu reconnaître un poisson, un oiseau, un serpent, et quelques autres indéfinissables. Ces formes semblaient naître des parties les plus claires et se déplacer tantôt vers les parties sombres, tantôt vers les contours des continents, où elles se diluaient et laissaient la place à d'autres formes qui apparaissaient à leur tour et le cycle recommençait.

David fit varier la lumière et l'éclairage passa au vert. Lentement, les zones continentales se colorièrent, avec encore une fois une variété de nuances, du vert profond au vert tendre. Au bout de quelques minutes, on aurait pu confondre la Chose avec une représentation holographique moderne de la Terre d'aujourd'hui, n'eussent été les différences déjà énumérées. La Terre était verte, la mer bleue.

David tourna un peu le variateur. La couleur jaune éclaira largement la pièce, faisant paraître les visages plus souriants et détendus que le vert précédent. Puis, des signes apparurent sur les continents. Pas les mêmes que ceux des océans, apparus précédemment, mais des signes nettement différents, ne présentant aucune ressemblance avec des objets ou des animaux. Des signes souvent parfaitement géométriques, comme des carrés, des ronds, des points, des rectangles, des triangles, ou encore des représentations animales, seuls ou assemblés l'un à l'autre, imbriqués les uns dans les autres. Par exemple, un cercle avec un point au centre, ou encore un rectangle avec quatre barres à l'intérieur, ou encore un double cercle dont le centre semblait plein, un cercle avec une croix, et un tas d'autres dont les quelques exemples suivants constituent un échantillonnage très incomplet : Ces signes étaient alignés ou groupés par cartouches, et chaque continent avait les siens. Ça se voulait visiblement un commentaire ou une information écrite dans un langage inconnu.

— Qu'est-ce que c'est encore que ça ? demanda John. On dirait des signes cabalistiques. Vous êtes sûrs que ça n'est pas dangereux votre machin ? Ça pue la sorcellerie cette affaire-là ! J'ai vu des signes comme ça au musée d'Atlantania. C'était dans un vieux bouquin du moyen-âge européen. C'était des histoires de sorciers qui employaient des signes comme ça et qui les dessinaient par terre pour envoûter les gens...

— Ne crains rien, John, assura Myriam, ce sont effectivement des signes cabalistiques, ou du moins ils ont été de tous temps employés comme tels pour des cérémonies à caractère religieux ou prétendument magique. Mais ce sont surtout des symboles, des symboles très anciens — et nous avons devant nous la preuve de cette ancienneté – employés comme représentations de concepts. Le problème est de savoir les déchiffrer, comme disait David tout à l'heure car, à l'évidence, ils ont une signification qu'il faudrait pouvoir comprendre. Mais rassure-toi, les symboles ne sont rien d'autre que des dessins, ils n'ont aucun pouvoir en eux-mêmes. Seuls des gens qui les emploieraient comme supports psychiques pourraient avoir des intentions bénéfiques ou maléfiques. Pour l'instant, nous n'avons affaire à personne, qu'à une Chose, c'est-à-dire un objet fabriqué et sans âme, donc sans pouvoir spirituel. Ne crains donc rien et passons à la suite.

La couleur suivante réchauffa la pièce d'un orangé éblouissant. La sphère continuait tranquillement sa giration sur elle-même, au rythme régulier de un tour par minute environ. L'orangé ne semblait pas avoir d'action immédiate sur elle, et les dessins géométriques de la séquence précédente étaient restés tatoués, pourrait-on dire, sur les continents verts. À première vue, rien ne bougeait, et l'on avait déjà attendu cinq tours avant de s'apercevoir qu'en fait, les dessins restaient les mêmes mais s'étalaient un peu plus à chaque tour. Ils grossissaient en somme, ils prenaient de l'extension. On attendit quelques minutes de plus, pour voir. Au bout de dix minutes environ, les groupes de signes cabalistiques s'étaient rejoints les uns les autres, d'une façon très particulière. Ils s'étaient déformés et allongés ou élargis de telle sorte que la planète entière était maintenant entourée d'une chaîne formée par les différents groupes de signes qui se touchaient l'un l'autre, uniquement sur les parties représentant les continents. Là où il y avait un océan à franchir, un simple trait reliait deux groupes. Cela faisait penser à une immense toile d'araignée tissée sur le monde. Par endroits, la toile était plus dense qu'à d'autres. Par exemple, le continent MU, entre l'Asie et l'Amérique, était complètement orangé. On n'y pouvait même plus reconnaître les dessins d'origine, tellement leur format avait été brouillé et entremêlé. En d'autres endroits, les dessins étaient clairsemés et reliés entre eux par de fines lignes, comme les voies d'une vieille carte maritime.

Des lignes de ce genre partaient de l'amas très dense de MU, vers l'est et les Amériques, puis se prolongeaient vers le continent au centre de l'Atlantique, pour continuer vers l'Europe et l'Asie. D'autres partaient vers l'ouest, vers l'Asie, vers l'Afrique, vers l'Australie et vers l'Antarctique. De tous ces points, elles repartaient vers d'autres lignes et se recoupaient sur de petits amas jaunes.

— Vous avez bien tout enregistré avant que ça ne se mélange, Myriam ?

— Oui, oui, ne vous inquiétez pas, c'est dans la boîte ! comme disait ma grand-mère qui faisait du cinéma. Je peux vous ressortir n'importe quelle image.

— Parfait. Continuons.

La lumière passa au rouge. La Chose absorba la plus grande part de cette couleur et semblait ne rien renvoyer. Elle était encore là, avec ses belles couleurs, les bleu, vert, jaune l'illuminaient toujours, mais le rouge n'était réfléchi nulle part. Enfin, nulle part rapidement, parce qu'en attendant quelques minutes, on vit apparaître des points rouges. Des points minuscules au début, qui grossissaient par tache, se répandant en traînées sur des lignes incertaines à la manière des champignons, ou en taches importantes et même franchement énormes en certains lieux. On eût dit une épidémie, la propagation d'une maladie de peau avec éruption de boutons cutanés. Le mal eût pris en certains endroits des proportions alarmantes s'il se fut agi d'un être humain. En quelques minutes, à chaque tour, certaines parties avaient rougi à tel point qu'on ne voyait plus rien des dessins qui remplissaient la zone l'instant d'avant. Des clignotements de jaune et de rouge rendaient un effet de flamboiement, comme si certaines parties du globe prenaient feu. Ce fut le cas de la grosse tache qui remplissait maintenant la surface entière de MU. Et d'autres points s'enflammaient en différents endroits du globe. La scène suggérée devenait hallucinante de vérité. Les spectateurs ressentirent un malaise réel quand MU explosa dans un feu d'artifice de jaune et de rouge. L'instant d'après, l'océan bleu recouvrait l'emplacement éteint du brasier et l'on put voir le contour des continents bouger. L'Inde se colla à l'Asie en moins d'un tour, l'Australie fit un quart de tour sur elle-même pour venir occuper sa position actuelle, la mer intérieure d'Amazonie se vida, l'Atlantide fut engloutie, les nuances de vert s'accentuèrent fortement à l'emplacement des Alpes, des Andes, de l'Himalaya, puis tout s'éteignit et redevint sombre.

David reposa l'obturateur sur le projecteur et rouvrit les rideaux .

— Voilà !... fit-il.

*

Prudence, défiance...

L'émotion avait été dure, lors de la projection de la veille, et Myriam avait mal dormi. Elle se leva ce matin-là avec difficulté et après une douche assez fraîche pour la secouer un peu, elle se trouvait la première dans la salle du réfectoire pour le petit déjeuner. Le temps avait changé et le vent des glaciers soufflait un froid qui faisait craquer les mâtures métalliques de la base. Quelques flocons tourbillonnaient dans l'air et elle pensa qu'elle avait de la chance d'être médecin. Elle n'était pas obligée de sortir par ce temps pourri comme devraient le faire ses compagnons tout à l'heure. Déjà que cette représentation lui avait fichu le moral à plat, s'il avait fallu qu'elle sorte aujourd'hui, elle en serait tombée malade. Et si c'est le médecin qui est malade...

Elle s'accrocha un sourire et commença à préparer le café et les toasts pour ses compagnons.

Germain arriva le premier.

— Hello Myriam ! bien dormi ?

— Bonjour Germain. On ne peut pas dire ça, non. J'ai cauchemardé toute la nuit après cette vision d'enfer finale. Et je ne sais pas si je vais pouvoir avaler quelque chose...

— Allons, voyons, il ne faut pas prendre cette affaire tant à cœur. Si cette Chose est porteuse d'un message, ça n'est pas pour annoncer la fin du monde ! Puisque nous sommes ici et qu'elle date de vingt mille ans, c'est que vous avez interprété quelque chose de mauvaise manière. Il n'y a pas de quoi s'en faire. D'une part, c'est du passé, d'autre part, il y a sans doute plein de choses qui nous ont échappé quant au sens de ces scènes. À commencer par ces mystérieux signes cabalistiques. Ceci dit, je vous accorde que le spectacle si bien commencé a fini sur une note beaucoup trop terrifiante à mon goût. Je serais curieux de comprendre pourquoi cette mise en scène a été faite, et surtout par qui et pour qui.

— Moi, je voudrais bien savoir comment, dit Julius qui venait d'entrer. Cette Chose a vraiment des propriétés stupéfiantes. Je ne connais aucun système qui présente de telles réaction à la lumière. Ce serait fantastique de percer le secret d'une telle réalisation technologique. À mon avis, les concepteurs de ce truc ont des siècles d'avance sur nous en optique, sans parler des moyens énergétiques.

— Tu veux rire, nous avons déjà vingt millénaires de retard. Quelques siècles de plus ou de moins ne changeront rien à l'affaire ! plaisanta Félix qui prit la conversation en train. À mon avis à moi, les types qui ont pondu cet œuf sont d'une autre planète. S'ils étaient d'ici, ça se saurait, nous en aurions trouvé les morceaux, il resterait quelque chose d'une telle technologie. L'humanité en aurait gardé la mémoire, au moins en partie.

— Mais, c'est le cas ! intervint David. On a effectivement trouvé dans certains tombeaux égyptiens des sortes de miroirs, très finement striés de raies parfaitement régulières et microscopiques en surface, que l'on a mises sur le compte du mode de polissage, mais dont certains se sont demandé à l'époque à quoi cela pouvait bien servir. N'oubliez pas que les temples égyptiens étaient élevés à la gloire du soleil et qu'on y célébrait la lumière de RA. De même d'ailleurs que dans les temples de nombreux autres peuples de l'antiquité. De nombreuses légendes ont un rapport à la lumière pour le moins étrange, à commencer par l'un des méchants esprits du répertoire de l'église des chrétiens, je veux dire Lucifer. Son nom signifie rien moins que "Porteur de lumière". Et le géant Prométhée qui fut enchaîné sur le Caucase parce qu'il avait dérobé le feu du ciel pour l'apporter aux humains ? On pourrait ainsi faire le tour des légendes des peuples de la Terre, tous ou presque font référence à la lumière ou au soleil, ce qui revient au même. Certains peuples se sont même définis comme fils du soleil, empires du soleil, fils du ciel, etc... bien que tous se soient reconnus enfants de la Terre, à laquelle ils vouaient une révérence particulière. De tous temps la lumière a été la marque de connaissances révélées. D'ailleurs, ne dit-on pas encore de nos jours, une illumination, pour une révélation soudaine ? Je suis persuadé qu'existent dans les caves de nos musées de nombreuses preuves matérielles de l'existence d'une technologie extrême dans le passé, mais nous ne savons pas les voir.

— Tu as probablement raison, renchérit Germain, d'autant que si nous nous fions à ce que nous avons vu hier soir, et si mon interprétation est bonne, nous avons assisté à un cataclysme planétaire. Imaginez donc ce qui resterait de notre belle civilisation si la même chose arrivait aujourd'hui. Quelques survivants sans doute maintiendraient quelques temps le flambeau de la culture et de la science, mais toutes les communications seraient coupées entre les continents, entre les villes, à moins d'aller à pied et de reconstruire des bateaux, ce que nous ne savons plus faire puisque nous avons laissé perdre le savoir-faire depuis que nous voyageons en léviteurs. Mais sans énergie, plus de léviteurs, plus de moyens rapides ou modernes. Il nous faudrait reprendre des technologies primitives et rustiques qui seraient les seules à offrir une chance de survie après un tel cataclysme. Dans ces conditions, et pour peu que les survivants soient des hommes sans savoir scientifique, comme des bergers, des dockers, des paysans, nous assisterions très vite à la prise du pouvoir par les plus forts et les plus violents, pas par les plus savants. Et les connaissances acquises se perdraient bien plus vite qu'on ne croit. Je suis biologiste. Je sais comprendre l'organisation du vivant dans ses plus minuscules formes. Mais à quoi cela me servirait-il pour me construire un abri, pour pêcher ou chasser à l'arc ? Un bûcheron ou un pêcheur aurait de bien plus grandes chances que moi de survivre. Parmi nous, c'est sûrement Ros et John qui s'en tireraient le mieux. Et Myriam, pas parce qu'elle est médecin, mais parce qu'elle est une femme et qu'elle est la clé de la reproduction. Les mâles survivraient par eux-mêmes, les femmes par et pour les mâles. Ainsi va la vie depuis toujours. Je suis tout près de croire que ce scénario est déjà arrivé.

— C'est bien possible, mais jusque-là, nous n'en avions aucun indice précis, et nous pouvions mettre cela sur le compte des légendes, tandis que maintenant, nous sept, nous en avons la preuve... à moins que cette Chose soit extra-terrestre, ce qui serait encore plus improbable que ton hypothèse de civilisation préhistorique.

— L'une n'exclut pas l'autre ! répliqua Germain à Félix.

— Que veux-tu dire ?

— Je veux dire que la civilisation qui a fait cette Chose date de vingt mille ans au moins. De telles connaissances n'arrivent pas seules dans un unique domaine. Si des gens de cette époque ont été capables de réaliser un tel prodige de technologie, ça signifie que dans d'autres domaines aussi probablement, ils avaient beaucoup d'avance sur nous.

Et que si la masse des humains survivants a pu sombrer dans l'ignorance et la sauvagerie, un certain nombre de gens de l'élite a très bien pu survivre ailleurs, protégé des ignorants et des gros bras, dans une base comme la nôtre par exemple, et ne faire que quelques incursions par-ci par-là dans le monde des autres. Si un tel cas de survivance avait eu lieu, ainsi que la légende d'Hyperborée pourrait le laisser penser, cette élite préservée aurait très bien pu se développer encore depuis vingt mille ans. Imaginez donc ce que nos facultés et nos connaissances réunies nous permettraient de faire en vingt mille ans !...

— Mais, au bout de quelques temps, la consanguinité leur aurait posé un problème. Ils auraient dû aller chercher ailleurs du sang neuf. À moins de trouver un avantage au sang bleu évidemment.

— Hey ! dans un cas pareil, ne comptez pas sur moi pour faire des descendants à tout le monde ! s'insurgea Myriam.

— Et au bout de quelques générations, ces hommes seraient devenus des maîtres pour les autres humains. Ils auraient pu régner sur eux comme des pharaons, détenteurs du pouvoir et de l'initiation...

— Oui, des seigneurs, des Dieux...

— Arrêtez, vous me donnez de mauvaises idées ! fit John. Je me vois bien en conducteur du char du soleil. Comment s'appelait-il déjà ? Apollon ?

— Bon, si ça te fait plaisir, fit Myriam, à partir d'aujourd'hui, je t'appellerai Apollon !

Tout le monde éclata de rire et Myriam retrouva sa bonne humeur.

— Bon, tout ça, c'est bien beau mais ça reste des hypothèses tant que nous n'avons pas compris le sens des signes, déclara Félix. Et là, aucun d'entre nous n'a la clé de déchiffrage. Et quand bien même nous l'aurions, qu'allons-nous faire de cette Chose et des renseignements incroyables qu'elle implique ? Il faudra bien qu'on en parle un jour, ça fait maintenant une semaine que nous avons ce truc sur les bras. Tant qu'il ne vient personne ici, ça va. Mais dans deux semaines, le comité dirigeant de l'O.R.HUM. se réunit pour son conseil mensuel et il me demandera des comptes sur l'avancement des travaux ici. Je dois lui faire parvenir mon rapport et j'avoue que ça n'est pas mon style de cacher des événements comme celui-là. Alors, je vous le demande, que fait-on de cette Chose ?

— Ne nous emballons pas, Félix, assura Germain. Nous avons encore deux semaines pour étudier la situation. Les forages continuent de carotter normalement. Les bio-frigéniques s'entassent dans la chambre froide. Pour l'instant, tout va bien pour O.R.HUM., et il n'y a pas de raison que ça change. Be cool, man, nous n'avons rien à cacher. Ce que nous taisons leur paraîtrait tellement incroyable de toute façon, qu'il vaut mieux encore se donner du temps. Plus nous en saurons, mieux nous pourrons juger de l'opportunité d'en parler ou pas. Ce qu'il faudrait maintenant, c'est trouver l'explication des signes. Qui a une idée à proposer ?

— Moi, j'en ai une, hésita David, mais elle n'est sans doute pas très bonne car il faudrait dévoiler la Chose à un tiers et je ne crois pas que ce soit très facile à mettre en œuvre.

— Dis toujours...

— Hé bien, voilà : Vous savez que j'ai pas mal voyagé quand j'étais étudiant. Avant de passer ma licence d'Histoire des techniques, j'ai fait de nombreux séjours aux Indes et en Chine. J'ai rencontré là-bas un type passionnant, un prêtre tibétain. C'était un homme de quatre-vingt ans au moins, il doit bien en avoir quatre-vingt-dix maintenant, avec qui je suis resté très lié. Nous nous écrivons régulièrement plusieurs fois par an, pour le nouvel an chinois, et pour Kippour. Une manière de respecter les traditions de l'un et de l'autre. Je l'ai revu l'année dernière lorsque je suis allé en mission géologique dans l'Himalaya. Il venait d'être nommé lama d'un monastère au Ladak où j'ai passé quelques jours, et nous avons bavardé un peu. Du fait de sa situation, les archives de ce monastère sont parmi les rares qui n'aient jamais été pillées, pas même par la Chine durant l'occupation du Tibet depuis XXe siècle, et j'ai eu l'occasion d'y jeter un coup d'œil. J'ai beaucoup réfléchi cette nuit et je crois avoir compris pourquoi j'ai eu l'intuition d'utiliser le prisme pour faire l'expérience sur la Chose. J'ai vu des signes semblables sur les documents conservés au monastère de mon ami, et il m'avait parlé d'une légende où il était question d'une écriture de lumière. Une tradition très ancienne rapportait que des dieux avaient appris aux hommes à "écrire en lumière", mais que pour relire il fallait "casser" la lumière. J'avais cru, sur le moment, à une histoire fumeuse comme il en existe plein dans ces contrées, bonnes pour raconter le soir à la veillée, mais il m'avait assuré que quelques vieux moines de ce monastère étaient capables de relire de tels documents. Ces mêmes moines étaient également capables de lire les auras. Vous savez ce que sont les auras ? Ce sont ces volutes d'énergie entourant le corps des êtres vivants, humains ou non, et qui prennent une signification en fonction de la couleur qu'elles émettent.

— C'est passionnant ! s'exclama Myriam. J'ai lu à ce sujet que certains lamas médecins étaient capables de diagnostiquer une maladie en fonction des couleurs de l'aura. D'autres peuvent même lire les états d'âme, la colère, la

— C'est exact. Certains de ces hommes sont capables de cela, mais ça n'est pas mon propos. Je me suis souvenu l'autre jour, de cette conversation avec mon ami, et l'idée m'est alors venue que si les mêmes hommes pouvaient voir les couleurs de l'aura et lire l'écriture de lumière, c'était que la lumière "cassée" était en fait la lumière décomposée. Mais je n'étais sûr de rien et je n'ai pas voulu vous expliquer mon idée avant que de l'avoir testée. Maintenant, je suis heureux d'avoir osé essayer et d'avoir eu raison. Alors, je me dis que ces moines sauraient sûrement interpréter ces signes. Le problème est que ce monastère est situé en Terre Orientale. Pour faire discret...

— David, tu as eu une riche idée la dernière fois, je crois que ça va en faire deux, déclara Germain. Nous avons donc la possibilité de faire expliquer ces signes, à la condition de les faire parvenir discrètement à ton ami. Voyons... Sommes-nous obligés de tout lui expliquer ? Non. Je crois que si cet homme est comme tu nous le décris, il est assez sage et rusé pour comprendre sans explication superflue ce que nous attendons de lui. Nous pourrions donc facilement lui transmettre pièce par pièce, le puzzle de notre collection de signes. Le problème principal va être pour lui de nous envoyer la signification en clair. Selon le contenu de cette interprétation, cela peut passer au travers des censures mais ça reste hypothétique. Par contre, ça ne passera sûrement pas au travers des écoutes systématiques. Il nous faut donc trouver un code que lui seul puisse comprendre et par lequel il pourra nous faire savoir le résultat de ses travaux... Réfléchis un peu, quels sont ses hobbies, ses manies, ses marottes ? Aime-t-il la lecture ? etc...

— Je sais qu'il a une grande passion pour la littérature anglaise, spécialement pour Shakespeare. À part ça, je ne v... Ah ! Si ! Il est grand amateur de peinture, très connaisseur en art moderne. Bien que son absence de fortune personnelle ne lui permette pas d'être collectionneur, il est assez bon expert en calligraphie par exemple.

— Bravo ! On tient le bon bout. Il faut lui faire comprendre de quelle œuvre et de quelle édition nous avons besoin. Avec un peu de chance, nous aurons le même exemplaire ici en bibliothèque... Myriam, veux-tu aller chercher tout ce que nous avons de Shakespeare, s'il te plaît. Maintenant, creusons-nous la tête pour rédiger un message qu'il sache comprendre sans ambiguïté mais qui soit complètement anodin pour quiconque...

*

Un vieux lama rusé

Tsumpa Kao-Bang était vieux, il avait passé quatre-vingt trois ans avant les moissons déjà, et sa silhouette un peu voutée était respectueusement saluée par les novices à chacun de ses passages dans les couloirs du monastère. Il pouvait passer dix fois par jour, dix fois il était salué. Ça avait le don de l'agacer, mais on ne doit pas casser les traditions. Dans le monastère, le lama est un maître. Surtout un grand lama. Il doit donc accepter d'être vénéré comme tel, dût sa modestie en souffrir. C'est donc avec une grimace machinale que Tsumpa rendit le salut de son novice de corvée qui lui tendait un paquet révérencieusement, après avoir frappé respectueusement à la porte de son bureau. Enfin, quand on dit bureau, il faut comprendre une pièce spartiate au deuxième étage du monastère, juste à côté de la terrasse où Tsumpa aimait à s'offrir de temps en temps une partie de marelle pour se détendre, comme lorsqu'il était enfant. Cette pièce était garnie pour tout meuble d'un secrétaire chinois et d'une table basse posés sur un immense tapis un peu élimé mais ayant contenu de la vraie soie sauvage, à une époque. Derrière la table basse, des coussins de couleurs diverses, et dans un coin, une chaise pour les invités occidentaux de passage. Dans un autre coin, posé sur le sol, un télémédium ultramoderne, de fabrication orientale. C'était vraiment le seul luxe du monastère, la seule touche, la seule concession au modernisme. Il la devait d'ailleurs à son ami David qui lui en

49

avait fait présent lors de sa dernière visite, pour le remercier de son hospitalité et de son amitié sincère. Tsumpa avait bien d'abord hésité un peu à tripoter ce drôle d'appareil, puis s'était enhardi jusqu'à le laisser branché en permanence sur la seule prise de courant qui garnissait son bureau. Avec le temps, il avait tout de même appris à apprivoiser l'instrument et finissait à présent par s'y faire, et même à prendre un malin plaisir à capter des émissions atlantaniennes déconseillées par le guide des programmes. À part ça, il s'en servait beaucoup pour communiquer avec le Potala, au Tibet où le nouveau Dalaï-Lama était revenu s'installer en 2045. Il devait bien s'avouer que c'était plus rapide et plus pratique que le vieux système du téléphone. Le problème était que très peu de gens en Terre Orientale disposaient d'un télémédium et que du même coup, le nombre des correspondants potentiels s'en trouvait réduit. Il avait dû recevoir quelques dizaines de communications avec l'Atlantanie en un an, dont deux étaient les bons vœux de David, et guère plus d'une cinquantaine avec des correspondants de Terre Orientale, pour la raison exposée. Aussi, il était toujours un peu surpris quand l'appareil signalait un appel. Ce fut le cas ce matin-là.

Tsumpa actionna la connexion et vit apparaître à l'écran son ami David.

— Tiens, David, quelle bonne surprise ! Comment vas-tu ? et que me vaut cette délicieuse visite à ma vieille carcasse ?

On avait pris l'habitude de parler de visite lorsque quelqu'un vous appelait sur le télémédium, tellement la sensation de présence était réaliste.

— Je parlais de vous à mes amis et j'ai eu envie de vous appeler pour vous les faire connaître. Nous sommes actuellement en Terre Adélie pour une mission de l'O.R.HUM. et nous étions en train d'échanger quelques souvenirs. Voilà, j'ai eu soudain envie de vous avoir avec nous. Comment va votre monastère, cher Tsumpa, et vos vieilles jambes ne vous font-elles pas trop souffrir ?

— Ça va, ça va, elles me portent encore de la porte des moulins au temple et du temple à la bibliothèque. Je ne leur en demande pas plus désormais. Je passe mes journées à méditer ou à lire entre les heures de prière et la réception des quelques voyageurs qui passent au monastère.

— Vous lisez toujours Shakespeare je suppose ? Avez-vous reçu mon cadeau ?

— Un cadeau ? Non, je ne vois pas, je n'ai rien reçu... Ah, si ! Attendez, mon novice du jour vient tout juste de m'apporter un paquet. Je ne l'ai pas encore ouvert, attendez une minute... Oh !... Hamlet, dans une édition rare... Il ne fallait pas, David, c'est de la folie. Vraiment, vous me gâtez. Est-ce que par hasard, vous auriez quelque chose à vous faire pardo...

— Excusez-moi de vous interrompre, cher Tsumpa, vous comprendrez en lisant la dédicace, en page de garde. Je vous rappellerai dans la soirée. À bientôt !

— À bientôt, David.

Tsumpa Kao-Bang s'interrogea à peine une minute. Le corps était fatigué, mais l'esprit était toujours aussi vif. Ça n'était pas dans les manières de David d'interrompre ainsi son interlocuteur ni de raccrocher aussi sèchement, surtout compte-tenu du grand respect dont il savait être l'objet de la part de David. Il y avait là une anomalie, c'était évident. La chose la plus immédiate à faire était donc de regarder la dédicace, ainsi que David l'avait dit.

— Voyons un peu... Voici la page de couverture... le fer de l'imprimeur... ah voici la page de garde... Mais, elle est vierge ! Ça n'est pas possible ! Voyons la suivante... Non, c'est la page de titre. La page de garde est bien celle-ci ! Qu'est-ce que ça signifie ? David ne peut avoir dit cela à la légère. S'il a parlé de lire la page de garde, c'est qu'il y a quelque chose à lire sur cette page. Oh ! mais alors, il n'a pas appelé par simple désir de bavarder. Il y a plus important, peut-être plus grave qu'un simple cadeau dans ce livre. Voyons le vieux truc de l'encre sympathique...

Tsumpa attrapa un chandelier sur le secrétaire chinois et le posa sur la table, alluma une bougie de suif de yack, l'enfila dans sa coupelle, après quoi il approcha la page blanche de la flamme, doucement, sans la poser dessus, il chauffa la page, faisant bien attention à ne pas la faire flamber. Petit à petit, l'écriture de David apparut :

« *Cher vieil ami,*

Je vous écris de cette façon cavalière et pour le moins inhabituelle, pour une raison totalement impensable de ma part, il y a encore quelques semaines. Mes amis et moi avons fait une trouvaille que nous estimons de toute première importance touchant à l'Histoire de l'humanité. Nous avons besoin de vos lumières pour déchiffrer des symboles extrêmement anciens dont j'ai le souvenir d'avoir vu des reproductions sur certains manuscrits conservés à votre monastère. Nous avons cassé la lumière, et les signes sont apparus. Mais nous ne savons pas lire ces signes. Vos lumières sauront, j'en suis sûr, éclairer d'un nouveau jour, la face de la Terre. Si vous acceptez de nous aider, vous recevrez dès mon prochain appel une série d'images qui seront censées composer un livre d'art contemporain sur l'œuvre d'un artiste nommé MU. Vous pourrez alors enregistrer ces images sur le télémédium et en faire un tirage papier pour le soumettre à vos « lumières ». Si vous parvenez à un éclairage particulier, comme je le pense, il sera nécessaire d'utiliser le présent livre comme code suivant la grille que vous trouverez en page suivante. Par avance, Merci de votre aide et de votre discrétion absolue.

P.S. : Je pense que ce livre passera les contrôles sans problème. Vous n'êtes pas un homme menaçant pour le régime en place, et donc pas particulièrement surveillé. Néanmoins, pour préserver l'avenir, selon l'éclairage que vous nous apporterez, j'ai préféré utiliser ce vieux truc, insoupçonnable en raison même de sa simplicité et de l'honorabilité du destinataire. »

Tsumpa Kao-Bang examina la page suivante et y fit apparaître une grille minutieusement dessinée. Il sourit, et une étincelle brilla dans son regard malicieux. Cette affaire le rajeunissait de soixante ans. Il se revit, encore tout jeune prêtre, bien qu'il ait été nommé lama très tôt, lorsque le grand Dalaï-Lama était encore en exil en Inde et que le gouvernement chinois de l'époque, avant la grande alliance orientale, faisait la chasse aux courriers du Maître. Que de fois il avait eu ce petit frisson dans le dos alors qu'il passait les montagnes au nez et à la barbe des soldats rouges. Une fois, il avait du rester toute la nuit caché dans la cave d'une maison où les soldats chinois avaient installé leur campement du soir. Il les avait entendu ronfler pendant des heures et crier des ordres au matin en le cherchant partout alors qu'il était sous leurs pieds. Ha ! Ha ! Il en rit encore...

— David, mon ami, je te remercie de ce plaisir tardif, sans doute un des derniers que vivra mon pauvre cœur...

*

Le télémédium afficha dans la soirée un autre appel de David. Tsumpa ouvrit la connexion et il fut à nouveau mis en présence de David.

— Bonsoir, ami Tsumpa, avez-vous trouvé de l'intérêt à cette magnifique édition de Shakespeare ?

— Beaucoup, mon ami, j'y prends un grand plaisir et je t'en remercie. Tu sais que j'ai toujours aimé cette littérature, d'ailleurs, j'aime les arts, en général. Ici, les grands artistes sont très peu nombreux. Je veux dire les vrais. Nous en avons d'authentiques qui sont surtout des artistes traditionnels de la calligraphie, de la peinture sur soie, etc... mais peu ou pas d'artistes contemporains, sinon des peintres ou des sculpteurs sans grande imagination, servilement alignés sur les idées communes... J'aimerais bien savoir ce qui se fait actuellement chez vous dans l'art contemporain.

— Rien de plus facile, cher Tsumpa, j'ai justement sous les yeux, le tout dernier catalogue d'une exposition d'un jeune peintre montant, encore très confidentiel, qui se fait appeler MU. Voulez-vous que je le feuillette pour vous ?

— Tu ne pourrais faire plus grande joie à mes vieux neurones, mon ami. Montre-moi ça tout de suite, que je puisse te faire partager mes impressions.

*

53

L'enregistreur avait emmagasiné une dizaine de minutes de vues. Il s'agissait en apparence d'une série de toiles d'un artiste qu'on aurait pu classer dans le style abstrait figuré, une des dernières tendances de la mode artistique atlantanienne. Cet artiste original n'avait employé que trois couleurs. Du bleu, du vert, du jaune. Mais avec ce peu de variété, il était arrivé à composer une bonne centaine de sujets, tous différents les uns des autres, bien que traitant visiblement des mêmes thèmes. Des dessins tantôt géométriques, tantôt figuratifs de style naïf, étaient en premier plan sur des fonds variés de bleu et de vert. Chaque œuvre était numérotée dans le catalogue, et la première impression d'ensemble était, de fait, plutôt flatteuse pour l'œil d'un néophyte.

Myriam avait travaillé d'arrache-pied avec Germain pour réaliser ce catalogue en tous points identique à l'édition qu'aurait pu faire une galerie d'art. Le traitement d'images avait énormément tourné sur les terminaux internes à la base, mais le résultat était à la hauteur des espérances. Heureusement que Germain était un passionné de ces logiciels. Il avait bidouillé avec Ros des systèmes complexes de fenêtres et de caches électroniques qui finalement avaient très bien rempli leur rôle. Certes, si l'on avait pu faire appel aux services d'une agence de publicité, c'eût été moins compliqué mais cette facilité était hors de question. Le découpage du film enregistré par Myriam avait permis de numéroter chaque signe, chaque symbole, dans une suite repérable de séquences et c'est un véritable puzzle qu'avait ainsi reçu dans son monastère l'ami de David. Quiconque ne fut pas au courant de la configuration d'origine, et qui n'eut aucune raison spécifique de soupçonner un tel maquillage, ne pouvait en aucun cas se douter de quoi que ce fût. C'était un véritable catalogue artistique pour n'importe qui. Les clés les plus secrètes sont souvent les plus apparentes.

L'expédition du livre avait posé plus de problème à l'équipe. L'idée simple de l'écriture au jus de citron avait été retenue tout de suite. C'est John qui avait rappelé ses souvenirs d'enfance à la rescousse. Par le plus grand des hasards, deux volumes identiques de Hamlet avaient été trouvés dans le stock de la bibliothèque. Oh, ça n'était pas la toute dernière édition de luxe mais tout de même, deux bonnes imitations d'une très vieille édition de Londres des années 90. L'un des bouquins était quasiment neuf et l'on décida de trouver la bonne manière de le faire parvenir à Tsumpa. Son apparence d'édition ancienne aiderait à faire passer la chose pour un cadeau d'amitié au cas où les services de surveillance orientaux feraient montre d'un flair inhabituel. Ça passa parfaitement, ainsi qu'on a vu. Les plus grandes craintes ne venaient pas paradoxalement des services de surveillance de l'Alliance destinataire, mais bien plutôt de la fédération d'Atlantanie, et plus précisément de l'O.R.HUM., qui eut pu trouver bizarre que des chercheurs en Terre Adélie envoient à un ressortissant de Terre Orientale un paquet contenant un livre sorti de la bibliothèque de l'Organisation. Qu'un ami fasse un cadeau à un autre, soit, mais que ce cadeau soit emprunté à l'Organisation, non ! Il aurait fallu donner une explication logique, et on se serait engagé dans un processus incertain. Mieux vaut dans ces cas-là en laisser voir le moins possible. La chance avait donc servi les sept compagnons. La mission d'une autre organisation atlantanienne basée à trois cents kilomètres de la base d'O.R.HUM entretenait avec cette dernière les meilleures relations. Il était fréquent que John aille se dépanner chez eux de quelque pièce mécanique ou de provisions, et réciproquement. Or, justement, l'avant-veille, le pilote de cette mission avait fait escale à la base, en route pour l'Australie. Sautant sur l'occasion, David avait confié son paquet au pilote, avec mission de le poster depuis Sidney. On évitait ainsi le transport officiel de l'O.R.HUM qui ne passerait d'ailleurs pas avant une semaine. Ainsi, les sept compagnons avaient réussi à faire passer l'information voulue à l'autre bout de la Terre sans éveiller le moindre soupçon d'aucun service de l'une ou l'autre partie du monde. Germain en était tout excité.

— On a réussi ! Vous vous rendez compte, on a réussi à communiquer en face des documents qui remettent peut-être en question l'Histoire de l'humanité. Avec une simplicité enfantine ! C'est incroyable, non ? On les a tous blousés, mes amis ! Ces flics de tous poils n'y ont vu que du bleu. Ah ! je m'éclate à ce jeu-là !

— Modère ton enthousiasme, Germain, tempéra David. La première phase s'est bien passé certes, mais il reste la seconde. Il n'est pas certain que la traduction des signes nous apporte de quoi nous réjouir, et par ailleurs il va sûrement se poser d'autres problèmes pour le retour. Pour l'instant, nous ne pouvons être sûrs que de deux choses : que la copie des signes est bien arrivée et qu'elle est à l'abri dans le monastère. C'est un lieu inviolable pour les orientaux. Mais il va bien falloir l'en sortir à un moment ou à un autre. D'autre part, n'oublie pas que les antennes de la CISA captent et enregistrent toutes les communications dans le monde. Les fouineurs de l'agence ont donc déjà l'enregistrement de notre envoi. Notre seule garantie réside dans le fait que la CISA est à cent lieues de réaliser la vraie nature de cet enregistrement. Tant que ce sera le cas, cet enregistrement sera noyé dans la masse des milliards d'autres qui encombrent leurs stocks mémoriels. Nous ne serons tranquilles que dans dix ans, quand ils videront ces stocks inutiles. En attendant, la CISA ne doit se douter de rien.

— Tout ça est extrêmement excitant mais vraiment paradoxal, observa Myriam, j'ai l'impression de me trouver en plein roman d'espionnage. J'ai parfaitement conscience de ne pas agir contre les intérêts d'Atlantanie, ni contre ceux de qui que ce soit d'ailleurs, mais uniquement dans l'intérêt de l'Histoire, dans l'intérêt de la connaissance. Et pourtant, nous devons prendre des précautions indignes d'un vieux roman de James Bond, et nous méfier même des gens de notre propre clan. Vous ne trouvez pas que quelque chose ne tourne pas rond sur cette vieille Terre ?

— C'est vrai, déplora David, c'est débile d'en arriver là, mais souviens-toi de tes pères. Les leçons données par le passé ne doivent pas s'envoler au vent. Jésus a été vendu par l'un des siens, les Templiers ont été anéantis par le pouvoir papal lié au roi de France, plus près de nous J.F. Kennedy a été abattu par des gens en rapport avec ses propres services, et tant d'autres choses comme ça se sont passées. Il n'est jamais bon d'avoir raison avant les autres quand les autres tiennent les rênes du pouvoir. Trop d'intérêts sont en jeu qui pourraient être remis en cause par la simple présence de notre Chose ici.

Des intérêts dont on ne soupçonnait même pas il y a encore dix jours qu'ils pourraient poser problème pour nous. Et pas seulement des intérêts financiers...

— Que veux-tu dire ? demanda Julius.

— Je fais allusion à cet entendement débile de la nature et du sens de la vie qui mène les sociétés à se faire une concurrence acharnée, au lieu de s'entraider, à s'épier constamment au lieu de s'informer mutuellement des dernières découvertes, des derniers progrès, et d'agir ensemble pour améliorer les relations, la santé, la subsistance, etc... Le principal pouvoir au monde n'est pas le pouvoir économique, ni politique. C'est le pouvoir sur l'esprit. Les religions ont bien compris cela depuis fort longtemps, malheureusement les églises aussi. Je veux dire que les religions sont de bonnes choses au départ, mais que les structures ecclésiastiques, de quelque religion qu'on parle, ont dévié, détourné à leur profit personnel le pouvoir sur les esprits des hommes qui la suivent. Le mot même de religion, qui vient de religare, vieux mot latin signifiant relier au sacré, relier au ciel, relier au cosmique, n'implique pas la nécessité d'une structure pour être relié. Pas besoin d'intermédiaire. Les prêtres et les évêques de nos églises d'Occident depuis près de deux mille ans exercent un abus de pouvoir. Leur seule vocation au début de l'ère chrétienne était d'informer, de porter la bonne nouvelle. Laquelle ? Mais celle de la primauté de l'esprit sur la matière, celle de la survivance après la mort, celle d'une autre vie après la vie. Ni plus ni moins que ce que les orientaux nomment la réincarnation. Oui, quelle bonne nouvelle en effet pour les peuples qui l'ont reçue comme telle. Mais très vite, la corruption a pénétré les plus infimes rouages de l'église. Les évêques, qui étaient spirituellement jusque-là les vrais envoyés du Christos, lui-même messager au sens littéral, avaient toujours été choisis par les assemblées de croyants pour leurs qualités spirituelles majeures et tous les évêques étaient appelés pape qui ne signifiait rien d'autre que père. Puis au fil des siècles, les évêques furent choisis parmi les grandes familles, se sont nommés entre eux, l'évêque de Rome lui-même n'étant qu'un évêque comme un autre jusque-là, décida qu'il serait le chef. Et l'on vit des gens qui étaient chargés de parler d'amour se mettre à faire la guerre et à faire du fric... Car la force et l'argent sont deux piliers du pouvoir. Ça dure encore aujourd'hui. Et l'on peut prendre l'Islam, qui signifie "Paix" incidemment, ou toute autre grande religion structurée et hiérarchisée, sans oublier les sectes, toutes ont les mêmes défauts. Des milliards de gens dans le monde croient des choses qui leur ont été mises en tête soit par des professeurs imbus de leur faux savoir, soit par des systèmes religieux suspects d'intérêts inavoués. Le seul système qui ne me heurte pas, de ce point de vue, est le bouddhisme, qui n'est pas une église structurée mais un mode de pensée individuellement adopté, une recherche personnelle et permanente de la vérité. Mais les religions sont là. Il faut faire avec. Elles font partie des cultures et sont profondément ancrées depuis des générations dans le subconscient des peuples. Faire apparaître soudainement les erreurs, voire les mensonges, qu'elles ont délibérément et sciemment propagé pendant des siècles et des siècles, aurait l'effet d'une bombe atomique sur les esprits faibles qui ont besoin d'un guide. Tu comprends à quoi je pense quand je dis que ce truc-là va remettre en cause beaucoup de choses établies ?

La connaissance, dans l'antiquité n'était distribuée qu'avec parcimonie. Seuls les gens évolués y avaient accès. Par certains côtés, je me demande quelquefois si ça n'était pas mieux.

— Oh ! David ! N'as-tu pas honte de dire une telle énormité ? s'indigna Myriam.

— Ça n'est énorme que par rapport au droit établi par les « démago-craties », comme je les appelle. La Démocratie est un régime qui se mérite. L'accès à une instruction variable selon les capacités intellectuelles de chacun est à l'évidence un droit commun. Mais la connaissance, la vraie, celle recherchée par les alchimistes du Moyen-âge, celle qu'on aurait appelée autrefois l'initiation, celle qui donne un vrai pouvoir de l'Esprit sur la matière, celle qui te donne la possibilité de tutoyer Dieu en appréhendant et en comprenant les rouages de son univers, cette connaissance-là dis-je donc, ne peut être déposée entre toutes les mains. Ce serait beaucoup trop dangereux. Ses détenteurs doivent être absolument fiables sur le plan de l'éthique, ne doivent pas donner prise à la corruption, ne doivent s'en servir que pour le bien de l'humanité, que dis-je de l'humanité, pour le bien de la planète. Et j'inclus là-dedans l'ensemble des choses qui constituent, dans notre environnement, l'équilibre fragile de la vie.

— Tu parles comme un livre, David, se moqua Félix, mais cette connaissance-là, de toute façon, personne n'y a accès. Elle ne risque pas d'être distribuée demain dans les écoles. C'est pure utopie que de supposer qu'elle eut pu être enseignée dans l'antiquité. C'est vrai qu'il y a eu de grands penseurs en Grèce, et ailleurs, mais ces gens n'étaient pas des initiés tels que tu voudrais nous le faire accroire. Ici s'arrête la pensée antique, là commence la légende...

— Ah oui ? Est-ce que j'entends bien ? C'est bien toi qui me parle en ce moment, Félix ? Réfléchis un quart de seconde, s'il te plaît. Que tu m'aies fait cette réponse si cette conversation avait eu lieu quinze jours plus tôt, je l'aurais admis. Mais aujourd'hui !... Avec ce qui est là, qui trône dans le réfectoire... En es-tu encore bien sûr ?...

— ...

— Tu vois bien, même ici, parmi nous qui sommes pourtant au premier plan, en prise directe sur la réalité de cette Chose, tu n'en as pas tiré toutes les conclusions qu'elle implique. Oh, mais tu n'es pas condamnable pour ça, c'est un comportement très humain, tout à fait naturel. Rien n'est plus difficile que se rendre compte et de prendre conscience qu'on a marché toute sa vie sur des chemins trompeurs, vers un but illusoire. On se réveille un beau jour en ayant l'impression d'être passé toute sa vie à côté des vraies valeurs, à côté de la réalité. Ça fait quelquefois un choc terrible que l'inconscient se refuse à assumer et beaucoup d'esprits simples, devant l'alternative, refusent purement et simplement cette réalité plutôt que d'accepter l'idée d'avoir vécu une vie inutile.

— Inutile ? Tu y vas fort ! Même s'il est vrai que l'Histoire de l'humanité pourrait fort bien se trouver modifiée par notre trouvaille, ce que les hommes ont fait depuis des millénaires n'aura pas été inutile pour autant. Je n'ai pas la sensation de faire de l'inutile ici. Dans le cas contraire, je ne serai pas venu.

— D'accord, on a toujours tort quand on généralise. Tout n'est pas inutile. Mais considère la réalité en face : nous avons la preuve que sur Terre a existé une civilisation technologique peut-être plus avancée que la nôtre ne l'est en ce début de IIIe millénaire. Tu ne m'empêcheras pas de penser que ces antiques connaissances ont été transmises à des survivants ou des descendants, même d'une manière occulte. Es-tu d'accord là-dessus au moins ? Or, les connaissances que nous avons aujourd'hui sont des découvertes ou des redécouvertes que nous avons été obligés de faire depuis ces derniers millénaires. Pourquoi ? Parce que des imbéciles et des iconoclastes ont détruit des bibliothèques à Alexandrie ou ailleurs, gratté les parements des pyramides, recouvert de strates nouvelles les anciens lieux de connaissance traditionnelle, etc., etc., et qu'à cause de cela, nous avons perdu l'essentiel de notre héritage.

— Je peux difficilement dire le contraire. Cette Chose parle d'elle-même. Mais j'ai du mal à me faire à cette idée que nous ne serions pas les représentants de la société la plus évoluée de l'Histoire.

— Oh ! Que ton amour-propre froissé d'intellectuel moderne soit vite consolé ! D'innombrables générations avant la nôtre ont été trompées par les enseignements qu'on leur a inculqué dès leur plus jeune âge. On leur a toujours déversé un flot de stupidités dans le crâne, sous prétexte d'éducation des masses, sans jamais leur apprendre à raisonner par eux-mêmes. Sans remonter très loin, à la fin du siècle dernier, un empire a éclaté comme une grosse bulle de savon sous la pression interne du besoin de liberté et de vérité. Les habitants en avaient assez de se sentir des pantins et ne croyaient plus aux fariboles de la propagande du pouvoir central. Eux étaient bien placés pour réaliser l'énormité du flot des mensonges contredits en permanence par les réalités qu'ils vivaient. Ils ont tout de même sacrifié trois générations avant de réagir. Plusieurs fois la guerre a éclaté dans divers endroits du globe pour soutenir l'idéologie inepte de cet empire. Chaque fois, des millions de partisans soutenaient la politique de leur grand frère par des manifestations souvent violentes dans d'autres pays. Il était impossible aux gens modérés de leur faire entendre raison ni même d'entamer avec eux une discussion dépassionnée. Ces masses populaires qui défilaient aux accents de l'internationale étaient sûres de la justesse et de la justice de leur cause. Elles n'auraient jamais un seul instant remis en question la base même de leur idéologie. Il a fallu attendre l'ère de la télévision mondiale pour que le système en crise s'effondre sur lui-même. Il s'agissait en l'occurrence d'une idéologie politique généreuse dans son propos mais irréaliste, car ne tenant aucun compte des besoins spirituels. La même chose se passe au niveau religieux ou philosophique dès lors que l'on inculque aux peuples des idées toutes prêtes sur le sens de l'évolution ou sur celui de la vie. Darwin a eu un mal fou à faire admettre sa théorie. Même si elle n'était qu'une approche timide de la réalité, les "bonnes consciences" étaient choquées de sa contradiction flagrante avec les grands enseignements de la Bible. Newton s'est bien gardé de mettre en avant son appartenance à une confrérie alchimique quand il a fait état de la loi de gravitation. On brûlait encore des sorciers à cette époque. Crois-moi, les cerveaux ont de tous temps été maintenus en léthargie par les religions éculées qui ne veulent jamais remettre en cause leurs erreurs. Le catholicisme a même inventé pour cela la notion d'infaillibilité du pape. C'est très pratique pour les dirigeants de tous bords qui se servent sans vergogne de ce conditionnement culturel pour manœuvrer les foules, mais ça n'est pas honnête sur le plan intellectuel et c'est comme ça qu'on gomme au fil des générations les dernières traces de connaissances occultes qui outrepasseraient encore l'orthodoxie admise. L'inquisition n'a pas fait autre chose. Regarde le nombre de suppliciés qu'elle a ramené, de gré ou de force, dans le giron de l'église. Et l'incroyable reconnaissance effectuée trois siècles plus tard, trois siècles trop tard, de la véracité des enseignements de Galilée. Ce fut déjà exceptionnel qu'elle reconnut cette maladresse. Pour toutes ces raisons et, un peu de la même manière que l'empire de l'Est quelques années plus tôt, l'église catholique traditionnelle ne s'est pas remise de ce genre d'erreurs, et elle aura finalement donné raison à Malachie en abandonnant la primauté papale avec le successeur de Jean-Paul II pour revenir au principes initiaux des chrétiens originels. C'est sans doute la leçon qu'a tiré cet ancien archevêque de Paris qui sût tout au long de sa vie rester l'humble serviteur de son prochain. C'est d'ailleurs étrange de constater que la boucle a été bouclée avec ce dernier évêque de Rome né d'origine juive, quand elle avait commencé avec Pierre. Les voies de Dieu sont impénétrables, dit-on. Il faut certainement voir là la raison de la survivance de la foi chrétienne à notre époque. L'église ancienne, dans sa structure dogmatique archaïque n'aurait pas résisté. Regardez les fanatiques et fondamentalistes islamiques de tous horizons qui ont cherché à rétablir des pouvoirs absolus en faisant retomber leurs pays dans l'obscurantisme, à la fin du siècle dernier. Ils n'auront finalement pas survécu aux événements mondiaux, mais combien de morts ont-ils faits avant que de céder devant le bouillonnement de la vie ? En vérité, je vous le dis, la réalité est la plus forte, mais attention aux positions acquises que nous allons menacer. Attention aux pontifes de tous poils agrippés à leurs sièges. Attention à tous ceux qui ne voudront pas accepter cette réalité. Ils pourraient bien être nombreux !...

— Oui... firent en écho John et Félix, tu es sans doute dans le vrai, la vérité n'est pas toujours simple à dire sans précautions. Mais peut-être la traduction des signes nous apportera-t-elle quelque élément nouveau qui faciliterait ...

— Rien du tout ! La traduction ne peut rien apporter qui aille dans le sens de la facilité. Au contraire, tout ce qui viendra s'ajouter risque d'augmenter l'intensité du choc psychologique sur les masses et par-là même d'augmenter la réaction de refus. Nous devrons accorder une particulière attention à la manière de répandre la nouvelle, si nous jugeons qu'il faille la répandre, quand nous aurons tous les éléments en main. Mais j'avoue avoir quelques angoisses rien qu'à y penser.

*

Une caverne étrange

Tsumpa avait édité la collection d'images reçues et en avait distribué quelques-unes à chacun des moines de son monastère qui avait la capacité de les interpréter. Le compte était vite fait, seuls trois d'entre les cent quatre-vingt moines du lieu avaient les facultés suffisantes pour venir à bout de ce déchiffrage. Ces trois hommes étaient parmi les plus âgés des religieux et avaient passé des années à la conservation des archives du temple. Ils avaient eu souvent sous les yeux des documents très anciens constitués de disques de pierre gravés et d'autres objets étranges, que les maîtres de leurs maîtres avaient toujours révérés comme des reliques. La tradition disait que ces antiques vestiges provenaient d'avant le monde. Ça ne voulait pas dire grand-chose pour eux, mais on se répétait la formule de génération en génération pour en perpétuer le souvenir. En même temps que ces hommes simples remplissaient leur mission de sauvegarde, ils s'initiaient à la lecture des divers symboles gravés, et ainsi, de maître à disciple, et de siècle en siècle, une parcelle de savoir avait été conservé là. Malheureusement, si des centaines de disques étaient entassés dans les immenses caves du monastère, beaucoup étaient abîmés, cassés, usés, et en fait illisibles en entier. Quelques-uns étaient encore entiers et en état de pouvoir être lus, mais leur sens échappait à toute cohérence. C'était comme si l'on avait voulu lire des pages arrachées d'un classeur ou d'un agenda. Des signes indiquaient visiblement un ordre, d'autres étaient sans doute des titres, mais aucun texte complet et compréhensible n'avait jamais pu être reconstitué à partir de ces reliques. Aussi, Tsumpa, se réservant de réaliser l'assemblage final en fonction de la numérotation de Myriam, donna-t-il à ses moines une indicible joie en leur communiquant des ensembles suivis et cohérents de symboles. L'enthousiasme et la curiosité aidant, les trois saints hommes auraient tôt fait de donner un sens à cet amas de signes, se fiant aux significations que leur avaient enseigné leurs maîtres depuis des générations et des générations de moines.

Tsumpa avait préparé un cahier d'écolier pour y reporter la traduction complète. En attendant d'y inscrire les premières lignes, il décida d'effectuer des comparaisons entre les signes qu'il avait sous les yeux dans toute la cohérence que la suite de numéros attribués par Myriam leur conférait, et les disques de pierres qui s'entassaient dans les caves. Ramassant toute son énergie, il se mit en devoir de descendre dans les caves. C'était là un effort pénible pour ses vieilles jambes, et il lui fallut près d'une demi-heure pour accéder au troisième niveau des cavernes naturelles qui s'étageaient sous l'antique monastère. Les marches taillées dans le roc dont l'origine se perdait dans la nuit des siècles, étaient glissantes et usées par des générations de moines chargés de la conservation de ces archives.

Après avoir passé une étroite porte de bronze décorée de têtes sculptées, hideuses et grimaçantes, plutôt faites pour repousser les curieux, Tsumpa entra dans la grande salle aux mille reliques. Elle était ainsi nommée à cause de l'amoncellement hétéroclite de documents et instruments les plus divers qu'on puisse jamais imaginer dans une collection. On eut dit que le temps était une dimension ignorée de cet endroit. Pas une araignée n'y avait tissé son fil, pas un insecte, pas une mouche, un ver, rien qui laissa penser que cet endroit fut sur Terre. L'atmosphère de la salle était parfaitement sèche et il y régnait un silence de tombeau. Aux parois étaient accrochés des anneaux pour enficher des torches, et la fumée s'évacuait par un étroit boyau d'aération d'une coudée de diamètre prenant naissance au sommet de la voûte, et dont on se demandait comment diable avait-il bien pu être creusé aussi régulièrement dans la bonne centaine de mètres d'épaisseur de roc que supportait la voûte.

Des parois rayonnait une douce lueur verdâtre qui provenait, en y regardant mieux, d'une sorte de matière phosphorescente imprégnant la matière même du roc. Cette salle, approximativement ovale, devait bien mesurer une trentaine de mètres de long sur environ quinze à vingt de large. Le sol avait été dallé on ne savait plus quand, et l'usure avait quasiment tracé des ornières au fil du temps sous les pas des générations de moines qui avaient évolué autour d'une espèce de grande table de pierre, couvrant un grand bloc à l'allure de sarcophage, d'environ trois mètres cinquante de long, trônant au beau milieu de la caverne.

Tout autour, le long des parois, des cavités et des étagères de dalles encastrées retenaient des piles de parchemins, de rouleaux, de livres enserrés entre des planchettes de bois.

Au fond de la salle, une ouverture dans la paroi donnait accès à une autre salle légèrement plus petite où s'alignaient, soigneusement rangés côte à côte comme dans un juke-box, des centaines de disques de pierre dans des niches creusées dans la paroi.

Chacun de ces disques avait un diamètre d'environ trente centimètres et quelques millimètres d'épaisseur. En fait, s'ils étaient de pierre, ils ne l'avaient pas toujours été. Il s'agissait vraisemblablement de disques pressés dans une argile très fine, à une époque extrêmement lointaine, et qui s'étaient pétrifiés, croyait-on, par ionisation sous l'action d'une exposition prolongée aux radiations des parois phosphorescentes. Mais ça pouvait être aussi pour n'importe quelle autre raison ignorée, puisque, de tous temps, aussi loin que l'on remonte dans la mémoire du monastère, ces disques étaient déjà de pierre. Mais personne au monde, fut-il l'artiste le plus habile, n'aurait jamais réussi à graver ces disques au ciseau sur de la pierre d'une manière aussi fine, avec une telle précision dans le geste. Il fallait que ces disques eussent été gravés lorsque la pierre était encore molle pour obtenir une telle finesse dans les lignes et une telle régularité dans les stries. Et de la pierre molle, comme chacun sait, ça n'existe que sous deux formes : l'argile non encore solidifiée, ou la lave non encore refroidie. Il n'était venu à l'idée de personne que la seconde perspective put être la bonne, donc on avait déduit que ces disques avaient été pressés dans de l'argile très fine, comme les porcelaines chinoises. Cela les rendait très fragiles et expliquait que très peu d'entre eux soient parvenus en parfait état jusqu'à nos jours. Tous étaient parfaitement circulaires et présentaient un petit trou en leur centre, du diamètre d'un crayon. Ils ressemblaient tellement à ces disques microsillons du début du vingtième siècle occidental que l'un des moines conservateurs de cette époque avait eu l'idée d'essayer d'en faire jouer quelques uns sur un phonographe à aiguille. Le résultat avait été décevant et à part quelques grincements, on n'avait réussi qu'à affûter l'aiguille comme sur une meule. Certes, on se disait bien que ces stries concentriques et ce petit trou central devaient sûrement avoir une utilité, mais on ne savait pas laquelle. Alors, on se contentait de déchiffrer les signes peints sur leur surface, dans la mesure où ces signes étaient encore visibles, parce que la tradition transmise permettait encore d'interpréter ces symboles. Le malheur était que leur sens échappait complètement à toute cohérence. Il y avait sans doute une méthode à trouver pour recomposer le puzzle. Mais comment donner un sens à une suite dont on ignore la nature même des éléments ? Comment chercher quand on ne sait pas ce qu'on cherche ?

Tsumpa en était là de ses réflexions, devant ces rayonnages de pierres.

— Ami David, pensa-t-il, je suis certain que tu détiens au moins une partie de la solution. Tu n'as pas trouvé tes symboles dans le fond de ton bol à tsampa en te réveillant un beau matin. Tu as à l'évidence trouvé quelque chose de bien matériel qui sert de support à ces signes. Il faut que je sache quoi, et comment tu l'as trouvé !

Tsumpa prit avec lui quelques disques au hasard et entreprit la remontée à la surface. C'était pour lui comme la remontée d'un plongeur en eaux profondes à court d'air comprimé. Il avait hâte de voir se succéder les paliers. Non pas que l'air lui manquait en bas, mais son tempérament joyeux s'accommodait mal de cette lumière verdâtre et de ce silence absolu. Le silence de surface, auquel il était habitué lors de ses longues méditations, était un silence d'une autre qualité, plein d'harmonie, plein de chants d'oiseaux et de crissements d'insectes, de bruissement de feuillages et du souffle du vent. C'était un silence plein de vie. Voilà ce qu'il aimait, en fait. La vie.

Il regagna son bureau et se mit en devoir de rédiger un message à David. Il devait lui faire comprendre son désir de le voir venir sur place, et sa curiosité à propos de l'objet de sa découverte, mais sans éveiller l'attention de quelque fouineur de l'un ou l'autre gouvernement. Il rédigea son message ainsi :

« Mon cher David,

L'hiver se termine ici en ce moment. Les cimes sont chargées de tonnes de neige qui font craquer les glaciers. Même si le réchauffement les a un peu réduits, ils continuent de glisser lentement et le premier soleil leur fait déverser des flots d'eaux de fonte vers la vallée. La semaine dernière, nous avons trouvé dans le front du nôtre ce qui pourrait bien être les restes d'un homme du néolithique, comme celui qui avait été découvert dans les Alpes italiennes au siècle dernier. Cet événement est passé totalement inaperçu de nos institutions orientales, mais nos moines ont soigneusement ramassé cette dépouille et j'ai pensé que cela pouvait t'intéresser en tant qu'historien des techniques. Bien évidemment, tu sais que tu peux compter sur mon hospitalité pour toi et ton équipe, au cas où l'O.R.HUM. déciderait de vous envoyer ici. Ci-joint une photo de la découverte.

Bien à toi, Lama Tsumpa.

P.S.: Je suis enchanté de découvrir la créativité incroyable de ce cher MU. Je n'avais jamais vu une telle intensité dans le trait et une telle maestria dans l'alliance des tons. Je te remercie sincèrement de m'avoir fait connaître ce brillant artiste. Mais ce style de graphisme n'est pas aussi nouveau qu'il y paraît. J'ai eu l'occasion d'admirer les œuvres d'un vieux calligraphe chinois présentant des caractéristiques picturales identiques, mais sa technique semblait différente. Il me serait agréable de pouvoir comparer une œuvre authentique de ce MU avec une de ce vieux chinois, côte à côte. C'est sans doute beaucoup demander que d'espérer obtenir cette satisfaction avant de quitter cette Terre, mais je me disais que tu pourrais profiter d'une mission ici pour venir me voir avec une copie holographique. À défaut de l'authentique, on se rend très bien compte sur un hologramme. »

*

Intox et intoxication

En prenant le courrier sur le médiafax ce matin-là, Félix savait que tout était intercepté et lu par la CISA. Il prit néanmoins connaissance des messages, et ne put réprimer un sourire en lisant celui adressé à David. C'était un message ouvert de son ami Tsumpa. Le contenu devait avoir fait sursauter les limiers de l'agence et ils avaient à coup sûr transmis immédiatement au siège de l'O.R.HUM. la copie de ce courrier. David sourit à son tour quand il le lut.

— Ce cher vieux Tsumpa ! fit-il, il est malin comme un singe. Il a compris que nous avons quelque chose d'important que nous ne pouvons pas mettre au jour, et il s'arrange pour que l'on me donne l'ordre d'aller là-bas en fournissant le motif sans en avoir l'air, sur le mode confidentiel. Mais il sait très bien que ça va réagir en haut lieu. Cette idée de dépouille dans le glacier, c'est une trouvaille qui va faire son chemin. Je suis sûr qu'il a très bien préparé le coup, et je ne serais pas étonné de trouver réellement en arrivant un crâne de yéti sur la table ! plaisanta-t-il.

— Tu crois que l'O.R.HUM. va mordre là-dedans ? s'inquiéta Félix.

— Sans aucun doute. Tous les ingrédients y sont pour appâter leur curiosité et, les connaissant, ils vont vouloir profiter de mes relations privilégiées avec ce cher lama pour essayer d'en tirer quelques avantages. Ne serait-ce que l'économie de l'hébergement. Je suis prêt à parier qu'ils vont nous donner des nouvelles dans les heures qui viennent.

Dans l'après midi, le message suivant arriva à la base, confirmant sa prédiction :

« *URGENT.*

À L'INTENTION DE DAVID STORM.

NOS SERVICES EN TERRE ORIENTALE NOUS ONT APPRIS LA DECOUVERTE D'ELEMENTS BIOLOGIQUES DATANT DU NEOLITHIQUE TROUVES PRES DU MONASTERE DE VOTRE AMI T. KAO-BANG. PENSONS QUE VOUS ETES L'HOMME DE LA SITUATION POUR ALLER VERIFIER CETTE INFORMATION DE VISU. TENEZ-VOUS PRET À PARTIR AU LADDAK DEMAIN. UN LEVITEUR VIENDRA VOUS CHERCHER AVEC VOTRE MATERIEL ET AMENERA VOTRE REMPLACANT POUR CES TROIS PROCHAINES SEMAINES, LE DOCTEUR FERROUZ.

VOYEZ SI VOTRE AMI PEUT VOUS HEBERGER SUR PLACE AUX MEILLEURES CONDITIONS ET FAITES-NOUS VOTRE RAPPORT DES QUE VOUS SEREZ ARRIVE.

SALUTATIONS.

LE COMITE DIRIGEANT DE L'O.R.HUM »

Immédiatement, ce fut le branle-bas de combat dans la base. Une tierce personne arrivait le lendemain, qui n'était pas prévue au programme. Certes, le message de Tsumpa avait parfaitement rempli son office et David allait partir au Ladak, mais le fait qu'il soit remplacé à la base par un certain docteur Ferrouz que personne ne connaissait posait un problème grave : que faire de la Chose qui trônait toujours dans le réfectoire ?

Pas question de la lui laisser voir. Pas question non plus de la cacher ailleurs, la base avait beau être assez vaste, rien n'était prévu pour cacher un objet aussi gros dans les locaux communs. Il fallait trouver une solution d'urgence.

— Je ne pars pas, déclara David. Il faut leur répondre que je ne pars pas. Ou alors, tout le monde part avec moi. On ne casse pas une équipe comme la nôtre à l'improviste et dans la précipitation. Qu'est-ce que c'est que ce Ferrouz ? Qui le connaît parmi nous ? Comment s'entendra-t-il avec vous tous, et avec Myriam ? On n'improvise pas ce genre de rapports du jour au lendemain. On ne pourrait pas refuser un remplaçant si je partais seul, donc je ne pars pas, ou bien tout le monde part avec moi ! Après tout, la fin de notre séjour ici n'était prévue que dans trois semaines, quitte à modifier la constitution de l'équipe, autant changer l'équipe. Il faudrait que deux ou trois d'entre nous tombent malades, ça les obligerait à abréger l'échéance. Qu'en pensez-vous ?

— Ça pourrait marcher si je tombe moi-même malade, approuva Myriam. Et je suis d'accord avec toi, je n'ai pas envie de m'envoyer un type que je n'ai jamais vu et dont nous ne savons rien. Et puis, changer d'horizon me fera le plus grand bien. Il faut qu'on fasse accepter cette solution à l'O.R.HUM.

— Vraiment, vous m'aurez fait faire des choses dont je n'aurais jamais été capable auparavant, déclara Félix. Vous me demandez de faire une fausse déclaration dans mon rapport. Vous vous rendez compte, j'espère, que c'est très grave ! Si j'ai été choisi comme chef de cette mission, c'est parce que l'O.R.HUM. connait mon caractère entier et mon respect des conventions. Voilà que je suis en train de cacher l'affaire la plus grave qui soit jamais arrivée à une mission, et qu'en plus nous devions inventer un énorme mensonge pour écourter notre séjour. Et tout ça pour cette satanée Chose ! Vous ne croyez pas que ça suffit ? Qu'il faut arrêter là nos initiatives aventureuses ou nous risquons bien d'y briser nos carrières ! Pour ma part, à moins, bien sûr, que nous ne soyons réellement malades, mais ça n'est pas le cas, je ne ferai pas de faux rapport dans ce sens. Ne comptez pas sur moi !

— Voyons, Félix, ne t'emporte pas et raisonnons calmement, rassura Germain. Je sais que ton caractère droit est en porte-à-faux dans cette situation. Mais réfléchis un peu. Nous ne pouvons pas revenir en arrière tant que nous ne savons pas exactement la signification des inscriptions sur cette Chose. Par ailleurs, nous sommes certains que cela risque d'apporter de grands bouleversements dans les connaissances humaines. Nous devons donc établir un ordre de priorité. Soit le train-train quotidien passe avant les révélations apportées par la Chose, et ton attitude est la bonne, soit nous considérons que ces révélations sont pour nous la chose la plus importante au monde. Et dans ce cas, il faut se préparer à y sacrifier si nécessaire nos carrières, car nous devons à tout prix défendre la Vérité que nous connaissons. Voilà le dilemme posé tel qu'il doit l'être. Maintenant, tu es bien sûr libre de choisir : rester dans le camp de la machine à écerveler les hommes, ou passer dans celui de la découverte de la vérité. Tu as deux bonnes raisons de venir avec nous : primo, tu es toi-même un chercheur et même si contrairement à David, l'Histoire n'est pas ta spécialité plus que la nôtre, ton but est de trouver et de découvrir ou redécouvrir des techniques; secundo, nous sommes une équipe d'amis et tu ne peux pas nous laisser tomber tout comme nous ne pourrions accepter de te laisser de côté.

— C'est du chantage à l'amitié ! Vous me mettez dans une situation impossible. Si jamais l'O.R.HUM. apprenait cette histoire autrement que par moi, je suis foutu pour le restant de mes jours. À mon âge, je ne pourrai jamais retrouver un poste similaire dans aucun autre groupe dans le monde.

— Tu aurais certainement raison de dire cela si nous n'avions pas cette Chose entre les mains. Mais, pense aussi que si nous arrivons à éclaircir cette affaire et que nous mettons au jour une découverte qui bouleverse l'Histoire du monde et celle des techniques, on nous fera au contraire toutes les propositions les plus inespérées. Nous sommes bons pour le Nobel. Que dis-je, pour une collection de Nobel. À moins que notre découverte dérange, et que nous finissions tous suicidés de trois balles dans la tête au fond d'un forage glaciaire... En fait, je crois bien que nous sommes déjà allés trop loin pour arrêter maintenant.

— Soit ! Dieu nous protège ! Que proposez-vous ?

— Intoxication collective, annonça Myriam. Nous avons mangé quelque chose d'avarié et nous sommes tous atteints de troubles intestinaux graves. Sauf John qui va se débrouiller pour aller manger ce soir chez nos collègues de la mission orientale. Il va rentrer cette nuit et nous trouvera tous en train de vomir et avec le teint jaune. En tant que médecin, j'ordonne l'évacuation immédiate de tous les membres de l'équipe et la mise en observation pour une durée indéterminée. L'O.R.HUM. va devoir remplacer tout le monde au pied levé, et dans deux jours, trois au plus, nous retrouvons la forme, prêts à partir au Ladak, après une peur injustifiée mais parfaitement légitime. La nouvelle équipe étant en place avec trois semaines d'avance, l'O.R.HUM. ne fera pas les frais de nous renvoyer ici, et nous serons alors entièrement disponibles pour partir avec David. Que pensez-vous de mon plan ?

— Excellent, Myriam ! Excellent et imparable sur le plan de la sécurité. C'est la sécurité elle-même qui exige l'évacuation sanitaire en cas d'épidémie soudaine.

— Le seul problème est qu'il va vous falloir effectivement avaler un sale truc pour obtenir les effets désirés. Mais je vous promets de concocter un remède de grand-mère qui donnera toutes les apparences de l'intoxication grave sans en avoir les conséquences douloureuses. Il vous faudra jouer un peu la comédie pendant deux jours.

— Oooh ! Je me sens déjà très mal, Miss Myriam, déclara Ros en chancelant. Vite, un petit remontant s'il vous plaît, pour fêter cette permission libérable !

Et tout le monde éclata de rire en voyant les mimiques douloureuses du petit chinois.

*

L'hôpital général d'Atlanta était divisé en plusieurs quartiers. Les urgences disposaient de plusieurs pavillons de quarantaine pour accueillir les malades présentant un risque d'épidémie, sans compter les installations de mise en observation des immigrants. Paradoxalement, l'hygiène extrême des atlantaniens depuis trois générations leur avait fait perdre une certaine capacité d'auto-défense naturelle et dans le même temps, les virus s'étaient endurcis. Ils résistaient trop souvent à de nombreux traitements qui s'étaient avéré suffisants pour les générations précédentes mais qui ne l'étaient plus maintenant. La médecine avait bien évolué depuis le début du siècle et la chirurgie était devenue une technique d'exception qui n'était plus employée que rarement. Les médecines douces étaient maintenant pratiquées par la plupart des centres hospitaliers, les techniques de greffes génétiques étaient au point et nombre de maladies encore mortelles au siècle dernier telles que le SIDA, les cancers, les scléroses en plaques ou autres maladies d'Alzeimer étaient heureusement passées au rang des soins ordinaires. Mais il restait quelques points faibles, curieusement, cela concernait des maladies anciennes, peu répandues, mais qui pouvaient se déclarer très vite et enflammer rapidement des populations entières. Le choléra, la dysenterie, la peste étaient encore à craindre. Même si on les maîtrisait en quelques jours, ce laps de temps leur permettait encore de faire de temps à autre des milliers de victimes avant que la contre-attaque médicale soit efficace.

L'Atlantanie était donc extrêmement craintive de tout ce qui arrivait de l'autre partie du monde, et dans tous les centres médicaux qui dépendaient d'elle, les nouveaux arrivants qui ne disposaient pas d'un carnet de santé parfaitement à jour devaient résider au moins deux semaines pour y subir toute une série d'examens avant d'être autorisés à séjourner.

Aussi, quand l'équipe de la base antarctique était arrivée par léviteur, directement depuis la Terre Adélie, les équipes médicales de permanence avaient été prévenues par l'O.R.HUM. de mettre ses membres en quarantaine par précaution. Ils présentaient tous, à l'exception du docteur et du pilote, des symptômes faisant craindre une épidémie indéterminée. Ça pouvait n'être qu'un début d'empoisonnement dû à une ingestion de produits avariés, mais ça pouvait aussi être autre chose. Dans le doute, il avait fallu remplacer l'équipe entière sur la base et mettre ses membres en observation pendant au moins soixante douze heures. Myriam Della Noria, le médecin de l'équipe, ainsi que

John Square, le pilote, qui avaient été en contact étroit avec les autres membres, étaient également consignés au même pavillon. Mais depuis deux jours, les symptômes semblaient disparaître, éloignant du même coup le scénario du pire. Il s'avérait que l'hypothèse d'une absorption collective d'aliments suspects expliquât cette soudaine indisponibilité générale. Tant mieux ! Le conseil dirigeant s'en réjouit car l'O.R.HUM. tenait à la santé de son équipe. Il aurait été difficile de remplacer des hommes et des femmes aussi qualifiés dans leurs disciplines respectives. Et que de temps perdu cela aurait occasionné s'il avait fallu remplacer cette perte... Heureusement, l'alerte était passée et les membres de l'équipe avaient repris leurs couleurs en retrouvant la forme. Peu de temps avait été perdu puisque seulement trois jours étaient passés depuis le déclenchement de l'évacuation sanitaire par le message du docteur Della Noria. Somme toute, mis à part l'expédition en urgence de l'équipe remplaçante, cette affaire n'avait entraîné aucune perturbation notable pour l'O.R.HUM. Tout était donc bien qui finissait bien. D'ailleurs, le conseil dirigeant trouvait même qu'à quelque chose, malheur est bon, puisque voilà maintenant que l'équipe au complet était sur pied et que cela allait éviter de rechercher dans les fichiers de nouvelles compétences pour constituer l'expédition au Ladak. Puisque l'équipe présentait une bonne cohésion et que, par cette malheureuse avanie, elle se trouvait disponible en son entier, hé bien, il n'y avait qu'à l'envoyer en entier au Ladak sous la responsabilité de David Storm qui avait été désigné pour cette affaire. Le conseil trouverait bien une bonne raison pour faire comprendre à Félix Schwartz qu'en raison des relations personnelles de Monsieur Storm avec le lama du coin, il était préférable que ce fut lui qui commandât l'expédition. D'ailleurs, ce Félix Schwartz était de la graine des hommes disciplinés qui ne discutent pas les décisions hiérarchiques et on lui ferait miroiter quelque bonus pour la réussite de la mission en Antarctique. Malgré son écourtement imprévu, les résultats en avaient tout de même été pleinement satisfaisants. De plus, le léviteur avait été garé sur le parking de la zone internationale de transit de l'hôpital pendant trois jours, leurs affaires personnelles et leur matériel étaient restés dedans en l'attente du résultat de l'observation. Ainsi, il n'y avait même pas besoin de repasser en douane pour repartir, puisque le matériel venant des glaces du Sud pourrait servir aux glaces de l'Himalaya. Inutile de perdre du temps donc, et l'ordre fut donné à l'équipe de repartir immédiatement pour le monastère du toit du monde.

*

— Ha ! Ha ! Ha ! Ho ! Ho ! Ho ! ...

— Hi ! Ha ! Ha ! Ha ! ...

— Youpi ! En route pour l'Himalaya ! Ha ! Je n'aurai jamais autant rigolé de ma vie, éclata Ros une fois à bord de l'appareil.

— Taisez-vous donc ! souffla Félix. Puis il ajouta à haute voix : John, ferme donc cette télémédie débile, s'il te plaît. Il faut avoir l'esprit enfantin de Ros pour trouver ça drôle !

Tout le monde regarda Félix avec stupeur. La télémédie n'était pas branchée. Mais Félix fit signe à John de la brancher, justement, contrairement à ce qu'il venait d'affirmer à haute voix. Les regards se croisèrent et ils comprirent. Les communications étaient encore branchées et leurs réflexions pouvaient être entendues par n'importe qui. La joie d'avoir réussi leur avait fait perdre un instant le contrôle sur eux-mêmes. Heureusement que Félix avait la tête froide ! Pour un peu, ils auraient vendu la mèche sans s'en rendre compte. Ils continuèrent de rire sous cape, en étouffant les sons, n'osant pas se regarder de peur de pouffer à nouveau en croisant le regard d'un autre.

David fit le tour de la cabine du léviteur. Ils avaient gagné leur pari insensé de partir tous ensemble. Ils avaient réussi à cacher l'énorme Chose parmi leur matériel et leurs affaires personnelles, et tout cela avait séjourné trois jours entiers en Atlantanie. En zone de transit, certes, mais sur le sol atlantanien tout de même. Incroyable ! Proprement incroyable ! Le déluge d'équipements de surveillance électronique, audio, vidéo, magnéto, opto, etc... etc...n'avait rien décelé du subterfuge sanitaire ni de leur surcroît de matériels. Trois jours entiers, la Chose était restée sous le nez des services de sécurité sans qu'ils en aient le moindre soupçon. Il y avait de quoi se demander si vraiment ça valait le coup de dépenser des fortunes en flicaille et en prévention. Les premiers venus, eux qui n'avaient aucune expérience en matière d'espionnage arrivaient à passer ainsi à leur nez et à leur barbe. Ça aurait pu être une bombe atomique artisanale ou une quantité de virus de culture, et toute cette belle mécanique administrative de la société atlantanienne aurait été foutue. Simplement par le fait d'avoir attiré l'attention sur la sécurité sanitaire doublé d'un intérêt avaricieux de la part de l'O.R.HUM. ! Vraiment, ces gestionnaires du quotidien des peuples sont trop cons ! Heureusement pour eux, la Chose risquait bien d'être une bombe, mais seulement sur le plan de l'Histoire et des connaissances. C'était pas plus mal que personne n'ait rien vu. Il serait toujours temps d'aviser si cela devenait nécessaire. En attendant, ils étaient bien tous là à filer vers l'Himalaya, avec la Chose d'un autre temps, d'une autre science, presque d'un autre monde.

*

La vallée des matins calmes

Quelques heures plus tard, le léviteur abordait la haute vallée menant au monastère de Tsumpa. Il faisait beau, pas un nuage n'encombrait la vallée et le ciel pur emplissait d'un bleu profond tout l'espace au-dessus des montagnes. Le paysage était fantastique. Le printemps de l'hémisphère boréal habillait le plateau d'un manteau blanc immaculé où la lumière éblouissante du soleil jouait avec des milliers de facettes mouvantes à la surface du torrent. Tout autour, en levant les yeux, on voyait se découper les cimes nues sur le fond du ciel. Au beau milieu, sur un socle rocheux, se dressait le monastère, regroupant autour de lui quelques dizaines d'habitations de pierres plates, couvertes de lauzes ou de tôles ondulées rouillées. Çà et là autour du village, une dizaine de yaks paissaient paisiblement dans une étendue neigeuse où dépassaient quelques touffes d'une herbe encore rare. Rien ne semblait avoir changé dans ce lieu depuis des siècles. Seule l'horrible câble multiligne qui coupait la vallée pour se prolonger au-delà des cimes paraissait incongru dans ce paysage.

Le gouvernement de Terre Orientale avait fait l'effort d'investissement nécessaire pour que tous les habitants des lieux les plus retirés de l'Alliance puissent avoir accès à la propagande officielle déversée à flot continu sur les trois chaînes gouvernementales. En conséquence, cette ligne avait apporté le confort minimum d'une source électrique pour l'éclairage et les quelques appareils de télémédie qui encombraient la pièce principale de chaque habitation. Les dirigeants de l'Alliance n'avaient pas imaginé à l'époque de la construction de cette ligne câblée que les techniques développées par l'industrie atlantanienne permettraient rapidement de contourner ce réseau officiel en utilisant les paraboles pointées sur les satellites atlantaniens, mais trop peu de citoyens de l'Alliance jouissaient de la possibilité matérielle d'y avoir recours. De plus, ces gens ne parlaient pour la plupart que leur dialecte local avec le chinois pour les plus instruits. Dans cette vallée donc, seul le monastère avait la chance de posséder un télémédium atlantanien. C'était celui offert par David à son ami. Encore ne servait-il guère que pour les communications importantes. Les moines ne s'intéressant pas davantage aux bienfaits de la civilisation matérialiste atlantanienne qu'aux idéaux de production collective de l'Alliance, ils ne regardaient que rarement les émissions en provenance de l'Occident, sauf les sujets philosophiques, médicaux ou scientifiques. En fait, à part ces quelques détails modernes, la vie quotidienne du village comme celle du monastère n'avait pas vraiment évolué depuis des générations. On vivait là en autarcie complète comme au temps des ancêtres. Le beurre de yak et le thé mêlé d'orge grillé constituait toujours la base traditionnelle de la vie. On se contentait d'y ajouter de temps à autre une goutte d'alcool de riz ou une barre de chocolat échangée contre quelque bijou de turquoise ou achetée avec un salaire de sherpa lors d'une visite d'un coureur de cimes. Autrement, la vie semblait immobile.

Le léviteur posa ses patins dans la cour du monastère et John coupa le contact.

Tsumpa était descendu de son deuxième étage pour accueillir lui-même son ami. Il fut ravi de faire la connaissance des autres membres de l'équipe, et fit maladroitement un baise-main à Myriam qui ne put retenir un sourire.

— Oh ! Cher monsieur Tsumpa, c'est trop d'honneur, fit-elle. Je ne suis pas la reine d'Angleterre. Vous pouvez m'appeler Myriam, et une bonne poignée de main suffira.

— Excusez-moi Demoiselle Myriam, répondit l'honorable vieil homme, mais nous autres, pauvres moines, sommes assez peu accoutumés à recevoir des dames étrangères en nos demeures. Puisque vous le prenez ainsi, appelez-moi donc Tsumpa. Ça simplifiera nos rapports. Ça vaut pour vous aussi, messieurs, ajouta-t-il à l'adresse des autres arrivants. J'ai horreur des salamalecs comme on disait en Orient. Je suis déjà obligé de supporter tout un tas de politesses inutiles de la part de mes novices, épargnez— moi donc les vôtres, et venez plutôt vous installer.

Tsumpa avait fait préparer cinq chambres dans la partie haute du bâtiment principal, touchant à son bureau par la terrasse où il avait sa marelle. Il faisait ainsi un grand honneur à ses invités qui n'avaient qu'à sortir sur la terrasse pour n'avoir plus que le ciel au-dessus de leurs têtes.

La vue de cette terrasse était splendide. On dominait le village en totalité et on pouvait voir au loin les cimes se découper sur le ciel limpide. On apercevait le glacier qui descendait des plus de huit mille mètres du Dapsung. La route vers le col du Karakoram, pourtant bien entretenue encore au début du siècle, ne pouvait plus supporter que le passage de caravanes de yaks et de chevaux, ce qui contribuait encore à l'isolement de cette vallée.

— Heureusement que nous avons inventé les léviteurs ! pensa David pour lui-même. La roue a été une invention du diable quand on pense aux surfaces énormes consacrées au bitume au siècle dernier, et qui sont encore tellement nombreuses en Terre Orientale. Ces millions d'hectares retirés à l'agriculture pendant des décennies, pourquoi faire, alors que le transport aérien existait déjà parallèlement aux transports routiers. À quoi pensaient donc nos parents pour faire autant d'autoroutes et de parkings, brûler autant de combustibles fossiles et polluer l'atmosphère à ce point ? Dire qu'il suffisait de développer les dirigeables et les ULM, pour garder une terre propre et vivante comme dans cette vallée ! Quelle chance ont ces moines d'avoir toujours vécu ici !

— Ça laisse rêveur, n'est-ce pas ? observa Myriam,

accoudée sur le parapet. Ce silence, cette majesté, et cette transparence de l'air, nous avions oublié...

— Oui, c'est exactement ce que je pensais, confirma David. Chaque fois que je viens ici, j'ai l'impression de naître à une autre vie. La sagesse doit être un constituant de l'air qu'on y respire. On en prend une bonne dose à chaque inspiration.

— Oui... C'est peut-être ça, le bonheur ?...

— C'en est une source, en tout cas ! C'est vraiment un endroit merveilleux où chaque fibre de ton être vibre en harmonie avec la nature. Pas de stress, pas de bruit autre que les sons naturels des oiseaux ou du pas des chevaux. Même les cascades du torrent sont un doux murmure quand on les entend d'ici. Et regarde comme ces gens ont l'air heureux. Démunis, mais heureux. Et leur santé ne semble pas poser de problème. La mortalité infantile n'est pas plus élevée que dans nos cités polluées. La seule différence est que l'on n'y meure pas des mêmes choses. Pas de meurtres, pas d'assassinats, pas d'asthme malgré la relative rareté de l'oxygène, pas de dysenterie malgré leur utilisation directe d'eaux de torrent. Toutes ces choses sont impensables dans nos cités soi-disant modernes. On se demande vraiment à quoi sert le progrès quand on fait ce genre de constat. Tous les progrès, toutes les disciplines développés par notre mode de vie moderne n'aboutissent finalement qu'à mourir d'autre chose. Mais au prix d'une telle dégradation de la qualité de vie, d'un tel stress, d'une compétition permanente pour la performance, pour être le premier ou le seul à obtenir comme un privilège le dernier gadget à la mode !... Quelle dérision et quel gâchis ! Nous avons empoisonné la planète pour finalement en arriver là. Ces gens isolés au cœur des montagnes depuis des siècles vivent autant, mais bien mieux que nous ! En équilibre et en harmonie avec leur environnement depuis des siècles. N'est-ce pas extraordinaire quand on y pense ?

— Ça n'est pas le cas partout dans ces montagnes ni ailleurs, David. Ne jetons pas le bébé avec l'eau du bain. La civilisation, atlantanienne et même orientalienne n'a pas développé que des concepts inutiles ou superflus. Les techniques mises au point tant en médecine qu'en physique, en astronomie ou en biologie, et en bien d'autres domaines ont tout de même concouru à établir des bases dans l'espace, sous les mers, dans les glaces de l'antarctique comme celle d'où nous venons. Tout ça n'est pas rien et concourt à l'amélioration de la vie des hommes, à la satisfaction de leur besoin de connaissances, bref, à leur évolution. Nous sommes tout de même allés sur Mars il y a déjà vingt ans et nous nous préparons à quitter le système solaire au prochain lancement spatial. Tout ça compte énormément pour moi...

— Et pour moi aussi, fit Germain qui avait rejoint depuis un moment la terrasse. Je suis passionné par cette quête perpétuelle de l'humanité qui la pousse à aller toujours plus loin, faire toujours plus grand, tenter toujours plus fort, pour trouver une réponse aux vieilles questions : Qui sommes-nous, d'où venons-nous, où allons-nous ? Sans ces techniques, nous n'aurions jamais les réponses. Même si leur développement a provoqué des perturbations de l'équilibre écologique qui auraient sans doute pu être évitées d'ailleurs, leur utilité ne peut être remise en question pour moi. C'était un mal nécessaire, sans doute, et la disparition des espèces qu'elle a impliquée n'est qu'un avatar de l'évolution générale, dans laquelle l'espèce humaine n'est que partie prenante.

— Vous êtes bien bons, tous les deux, de me rappeler à moi, spécialiste des techniques, l'utilité qu'elles ont à vos yeux. Je suis assez bien placé pour en débattre, merci. Mais je vous le dis, il y a bien longtemps déjà que j'ai fait le bilan des avantages et des inconvénients apportés par les techniques à la qualité de la vie. Le problème pour faire ce bilan est de trouver le bon système de mesure. Si l'on ne tient compte que du nombre de choses qu'on peut faire maintenant au cours d'une seule vie, bien sûr le bilan est positif car on vit à un rythme bien plus rapide que nos ancêtres et de ce fait, on accumule beaucoup plus d'expériences en un temps de vie légèrement prolongé. Nous apprenons et nous maîtrisons quantité de choses dont ils ne soupçonnaient même pas l'existence, ou qu'ils pensaient appartenir au rêve ou à la science-fiction. Mais au plan du psychisme et de l'équilibre affectif, sur celui de l'harmonie du développement individuel ou collectif des êtres humains, sans même parler de l'état de notre environnement écologique planétaire, sommes-nous aussi sûr d'obtenir un solde positif du bilan ?... Nos inventions sont neutres et toute nouvelle chose peut servir tout autant à faire du bien qu'à faire du mal selon la morale qu'on professe... Mais le temps ? Le temps que nous avons passé à inventer de nouveaux procédés, de nouveaux gadgets pas sitôt réalisés qu'ils ne soient déjà dépassés par l'invention de quelqu'un d'autre, ce temps utilisé à travailler comme des fous (l'expression est parlante !), à nous plonger dans les livres, dans les recherches complexes, à nous torturer l'esprit pour accoucher d'une nouvelle idée d'application, ce temps est-il mesurable à la même aune et peut-on le prendre en compte dans ce bilan ? Non mes amis, les chiffres sont trompeurs, et la comptabilité officielle est une hérésie pour le bon sens. On ne peut comptabiliser que des quantités, des poids, des masses, des longueurs, des années-lumières ou des crédits bancaires. On ne peut pas chiffrer la valeur du temps perdu. Ce temps qu'on aurait pu passer, si l'on n'avait pas été absorbé dans nos égarements intellectuels, avec nos enfants, nos voisins, nos amis, ou même nos chiens, tous ceux qui ont besoin de notre présence à leur côté pour grandir en harmonie ou pour mourir en compagnie. Ou encore, le temps qu'on aurait pu consacrer à mieux étudier la nature et la dynamique de ses équilibres intimes, ceux-là mêmes qui nous permettent, ici, d'apprécier ce moment. Au lieu de cela, qu'avons-nous fait depuis ces deux derniers siècles ? Nous avons inventé des moyens de plus en plus rapides et compliqués de nous éloigner les uns des autres, des moyens absolus de ne plus nous comprendre, de ne plus ressentir les joies ou les peines de nos voisins de palier ou d'un peuple affamé par un nuage de sauterelles imprévisible. Ne parlons pas des guerres horribles et des génocides multiples des siècles derniers, dont pourtant nous assumons l'héritage, des déportations massives faites au nom du bonheur futur et des lendemains qui chantent. Les transports maritimes puis aériens ont rapproché les continents, et en principe les hommes. Mais ce fut pour mieux exploiter des gens moins évolués, pour leur voler leurs terres, pour leur voler leur âme en leur imposant notre culture de civilisés. Puis, pour calmer notre mauvaise conscience, nous avons inventé à leur tour les moyens de corriger les conséquences néfastes des moyens précédents, etc... etc... Non, je vous le dis, en vérité le bilan est loin, très loin de l'objectif escompté. Que de vies perdues, que de connaissances perdues, que de bonheurs perdus dans ces perpétuels conflits entre la tête et le cœur. Tout cela valait-il vraiment la peine ? Je ne crois pas. N'y avait-il pas d'autres moyens que cette conquête insensée du toujours plus ? Certainement si ! Pour ma part, je crois que les gens de cette vallée ont fait le bon choix. Celui de la sagesse. Et ça n'est sûrement pas par hasard qu'il y a ici ce monastère. Je serais d'ailleurs curieux d'en connaître l'histoire...

*

La découverte d'une certaine sagesse

À l'heure du dîner, tout le monde se retrouva dans le grand réfectoire, à la table d'hôte du vénérable lama. Il avait visiblement donné des ordres pour améliorer l'ordinaire et les moines semblaient se régaler de la potée de choux et de navets qui embaumait la grande salle. Une viande de yak bouillie avait cuit dans la marmite pendant quelques heures et l'ensemble prétendait ressembler à un pot au feu. C'était là une chose exceptionnelle. Deux jours auparavant, un yak s'était accidentellement brisé l'échine en tombant dans un ravin, et c'était la raison pour laquelle on mangeait sa viande. Il n'aurait pas été question un instant de tuer volontairement une bête pour en manger la chair. D'ailleurs, à moins d'être malade, on se contentait généralement d'un bon bol de *tsampa* quatre fois par jour, et de thé vert bien sucré. Mais aujourd'hui était jour d'accueil pour des hôtes étrangers.

Chacun de ces hôtes avait rangé ses affaires personnelles dans les chambres mises à leur disposition par Tsumpa. Le reste des équipements était resté dans le léviteur, au milieu de la cour, et on avait convenu de commencer le travail le lendemain. Ce soir, il fallait se détendre et se reposer des fatigues du voyage. Aussi, chacun appréciait le dîner quasi somptueux qu'offrait Tsumpa à cette occasion.

— Vénérable Tsumpa, commença Germain, notre ami David nous disait cet après-midi son ignorance à propos de l'histoire de ce monastère. Puisque vous parlez si bien notre langue, ainsi que nous nous en sommes aperçu cet après midi, nous feriez-vous le plaisir de combler cette lacune? J'avoue que moi-même, j'aimerais assez comprendre ce qui pousse des hommes à s'isoler ainsi dans des vallées si retirées du reste du monde.

— Cher monsieur Germain, si je parle assez bien l'atlantanien, c'est que j'ai longtemps séjourné en occident dans ma jeunesse. J'étais alors tout jeune lama et j'ai été chargé très souvent à cette époque de préparer les voyages de SS le Dalaï-Lama. J'ai participé au siècle dernier à l'installation d'un monastère tibétain dans le sud de la France, et à un autre dans ce qui s'appelait alors les Etats-Unis d'Amérique. J'ai donc eu la chance de voyager énormément et de me familiariser avec votre langue-mère qu'était alors l'anglo-saxon tout autant qu'avec le français. Je n'ai pas toujours été ce vieillard bancal que vous avez sous les yeux. En fait, je ne suis ici que depuis quelques années, une espèce de retraite pourrait-on dire. Mais je remercie le ciel de m'avoir envoyé ici pour y finir mes jours. Cet endroit est le calme même, il me donne un aperçu du paradis sur Terre. Quant à son histoire, je vous la conterais avec grand plaisir mais je ne la connais pas moi-même entièrement. La tradition rapporte qu'il a toujours existé, depuis l'aube des temps, mais vous savez bien ce que valent les légendes, il faut en prendre un peu et laisser les enjolivures. En fait, il est difficile de remonter au-delà de quinze siècles car s'il existait bien déjà un précédent monastère qui brûla à cette époque, rien n'en a subsisté hormis les archives qui étaient dans les cavernes sous la roche. On rapporte que nombre de moines ont péri dans cet embrasement et qu'avec eux s'est perdu le secret d'une vieille écriture. Nous avons encore quelques manuscrits antérieurs à cette époque, mais plus personne pour les lire. Certaines de nos lumières, comme les surnomme David, se sont bien penchées sur cette écriture mais elles n'ont pas pu en tirer quoi que ce soit d'intéressant. Leurs facultés psycho-cognitives ont toutefois permis d'établir que les auteurs de ces écritures étaient comme nous des moines, mais d'une autre région du monde, qui portaient un habit blanc et pratiquaient très certainement l'art de la médecine. Mais quant au contenu des textes, il leur a été impossible d'en déchiffrer le plus petit passage.

— Ainsi, vous avez des documents très anciens qui pourraient traiter de médecine, demanda Myriam ? Ça m'intéresse, dommage que nous n'en ayons pas la traduction.

— Ah ! mais si vous souhaitez compléter votre bagage de médecin occidental. j'en ai d'autres qui vous intéresseront. Toutefois, je dois vous informer que vous risquez d'être surprise par le mode opératoire de notre médecine traditionnelle. Nous soignons souvent plus les âmes que les corps, et les déséquilibres d'énergies plus que les plaies ou les ravages de virus. Vous serez sans doute plus à l'aise avec ces concepts si vous avez déjà étudié l'acupuncture chinoise.

— Oui, j'ai fait en effet quelques études sur ce sujet à l'université. Ça remonte à une petite dizaine d'années, mais à l'époque on commençait seulement à l'inclure dans les programmes. Vous ne pouvez pas savoir comme le Conseil de l'Ordre est frileux en ce qui concerne les médecines traditionnelles. Nombre de médecines douces sont restées, pendant des lustres, exclues de tout enseignement médical. Pire, leurs praticiens été calomniés, persécutés, pourchassés pour exercice illégal de la médecine. Tout ce qui ne portait pas le label de la faculté a été noyé volontairement ou inconsciemment dans un amalgame perfide où l'on trouvait aussi bien des marabouts et des chamans authentiques que des guérisseurs-magnétiseurs parmi des milliers de charlatans et escrocs à la petite semaine. L'acupuncture et l'hypnose ont longtemps fait partie de cette exclusion. C'est seulement depuis les années vingt qu'on les a prises au sérieux. Maintenant, leur valeur est aussi reconnue que celle d'autres méthodes thérapeutiques, mais ça a été long car, si l'on voyait bien que ça marchait, on n'expliquait pas comment. Et ça, dans une société dirigée par des technocrates qui se piquent de tout savoir, ça passe très mal. Malgré cette formation trop académique, je reconnais personnellement une certaine valeur aux pouvoirs étranges des magnétiseurs. J'ai eu le cas dans ma propre famille de deux enfants en bas âge, guéris de méningite virale par simple imposition des mains, en quelques minutes, alors que les équipes médicales de l'hôpital voisin n'avaient pas même terminé la simple préparation des ponctions lombaires nécessaires aux examens. C'est particulièrement troublant d'assister à cela quand on est étudiante en médecine.

— Le monde est effectivement plein de choses troublantes pour l'intellect et la raison rationaliste, confirma Tsumpa, et ceci n'est pas propre à la médecine. Notre philosophie lamaïste nous a souvent mis en face de cas tout aussi inexplicables, de faits parfaitement irrationnels pour l'intellect et qui paraissaient aller à l'encontre des lois communément admises. Je pense notamment aux nombreux moines lévites de notre Histoire. Plusieurs d'entre eux ont été photographiés et sont restés célèbres malgré leur profonde humilité, si j'ose dire à leur corps défendant. Nous ne savons pas l'expliquer non plus, mais nous savons que c'est un phénomène réel. Alors, nous l'admettons. Mieux, nous étudions les conditions et la discipline de vie de ces lévites, pour en tirer un enseignement spirituel communicable à d'autres. Mais il semble qu'outrepasser les lois communes ne soit pas à la portée de chacun. Sans aucun doute, nous ne pouvons qu'en conclure que les dons du ciel existent qui permettent aux uns de guérir, à d'autres de flotter dans les airs, à d'autres encore de découvrir d'autres vérités. À chacun sa voie...

— Vous êtes la sagesse même, cher Tsumpa !

— Pas de flatterie, je vous prie Myriam, Je ne fais que ce que fait chacun d'entre vous. Je cherche à comprendre le monde. La seule différence entre nos cultures est que je n'ai pas d'autre but que cette compréhension elle-même et la conscience de ma propre fusion dans cette harmonie. Nous cherchons ici la vraie communion, la communion cosmique avec les forces de la création. Tandis que le monde civilisé a toujours cherché le moyen de les domestiquer. J'ignore qui a raison, si toutefois quelqu'un peut avoir raison d'un tel sujet. J'ignore si le monde dit civilisé, parce qu'il a choisi la voie technologique, est plus avancé que nous dans sa compréhension de l'univers. Nous explorons cet univers par l'intérieur, par la méditation, par le voyage astral. Vous l'explorez par l'extérieur, par la technique, la mesure et les voyages astronomiques. En fait, votre méthode est bien plus coûteuse que la nôtre, mais elle est sans doute complémentaire et je ne la méprise pas, même si la réciproque n'est pas toujours vraie. C'est pourquoi je suis heureux de vous rencontrer et de trouver en vous des êtres ouverts aux autres formes de pensée. Merci à David, qui m'a permis de vous trouver sur le chemin de ma vie. J'espère que je pourrai être utile à chacun d'entre vous et vous rendre ainsi la joie que vous me faites de vous avoir ici.

Sur ces bonnes paroles, je vous suggère d'aller vous coucher, car ici nous avons pour habitude de nous lever à cinq heures.

*

Personnalités profondes

La cloche de bronze sonna l'heure de la première méditation, et rapidement le monastère s'éveilla. David s'extirpa de son lit avec effort et regarda sa montre : cinq heures. Il enfila un pull et un pantalon car l'air était encore glacial à cette heure compte tenu de l'altitude, et il sortit sur la terrasse. Il faisait encore nuit mais à la lueur des lampes à beurre dans l'aile du bâtiment formant l'autre côté de la cour, on pouvait voir les robes rouges parcourir les couloirs en hâte pour se rendre au temple. Leurs occupants montraient des yeux encore pleins de sommeil, mais une humeur joyeuse et bavarde semblait les animer. Ça n'était pas tous les jours que le monastère recevait des visiteurs, encore moins des visiteurs étrangers. Le léviteur planté au milieu de la cour excitait la curiosité et nombreux étaient ceux qui se promettaient de descendre le regarder de plus près dès la fin de l'office. Beaucoup en avaient déjà vu, à la télémédie, mais c'était la première fois qu'ils avaient l'occasion d'en voir un d'aussi près, de pouvoir le toucher, et qui sait, peut-être de monter dedans.

David rentra et fit un brin de toilette, puis se mit en devoir de préparer le travail de chacun. Ils étaient venus là pour une chose précise, mais sous le prétexte d'une autre. Il fallait bien s'occuper des deux et distribuer les tâches en conséquence. Une bonne demi-heure plus tard, il se dit qu'il était temps de descendre au réfectoire. Il y retrouva ses amis au complet qui faisaient leur première expérience de la *tsampa*.

— Ça n'est pas si mauvais que ça, déclara Myriam. Mis à part le thé au beurre à la place du lait, on dirait un peu la bouillie que me faisait ma grand-mère quand j'étais enfant, mélangée à des corn-flakes. C'est nouveau pour moi mais j'aime assez ça.

— Eh bien tant mieux, fit David. J'espère que c'est le cas pour tout le monde, parce qu'ici, c'est la base même de l'alimentation. Est-ce que vous avez tous bien dormi ?

— Comme un bébé, répondit John.

— Admirablement, fit Félix. Ce silence est d'une qualité rare.

— Ça a été un peu court mais vraiment reposant, approuva Germain. Mais je ne suis pas certain que Julius puisse en dire autant. Il n'a cessé de s'agiter toute la nuit.

— C'est vrai, dit Julius. J'ai rêvé. Un rêve persistant dans lequel je jetais des bouteilles à la mer, mais ça n'était pas des bouteilles, c'était des grosses boules, et la mer était une mer inconnue. Je ne sais pas dans quelle partie du monde elle pourrait bien se trouver, je n'avais jamais vu une mer pareille. Bah ! c'est sans importance, je suis tout de même bien reposé, ça va.

— Bon ! Puisque tout le monde est en forme, écoutez-moi, voici comment nous allons distribuer les rôles.

Et David leur expliqua à chacun la répartition des tâches nécessaires. En tant que médecin, Myriam s'occuperait avec Germain de l'examen des restes humains trouvées dans le glacier. Ils tâcheraient de faire dire à ce pauvre type un maximum de choses sur son mode de vie, sur son âge, ses habitudes alimentaires, son habillement, etc, tandis que lui-même, David, irait avec Félix et Julius repérer les caractéristiques du glacier, ses strates, ses inclusions, bref, tout ce qui pourrait aider à la datation et à la reconstitution du contexte de la trouvaille. Cette dernière avait été entreposée assez sommairement par les moines dans un vieux congélateur de l'arrière-cuisine du monastère, en attendant la venue de l'équipe. John et Ros partiraient le lendemain à Delhi, à près de neuf cents kilomètres pour se procurer le matériel complémentaire dont ils auraient besoin. Jusque-là, il fallait justement faire un point rapide de la situation pour dresser la liste de ces besoins. En premier lieu, décharger le matériel du léviteur et, le plus discrètement possible, décharger la Chose.

L'office était terminé depuis quelques minutes et des grappes de robes rouges étaient agglutinées dans la cour. Les plus vieux moines n'étaient pas forcément les moins empressés autour de l'appareil. Quelques robes jaunes safran de lamas faisaient des taches plus claires parmi les rangs de curieux qui s'efforçaient d'éclairer l'intérieur de l'appareil en maintenant leur lampes à beurre à hauteur des hublots. Mais ils en étaient pour leurs frais car les vitres étaient traitées en surface pour filtrer la lumière suivant les plages de longueurs d'ondes désirées. On pouvait laisser ainsi entrer dans l'appareil la chaleur mais pas la lumière ou l'inverse, ou tout, suivant le climat dans lequel l'appareil évoluait, rendant le voyage plus confortable à ses occupants. De l'intérieur, pas de problème pour voir dehors, mais de l'extérieur les moines ne pouvaient rien entrevoir de son contenu.

John tenta poliment de se frayer un chemin vers la cabine à travers la masse des robes rouges, mais renonça bien vite à se faire comprendre des bavards tout excités qui s'agitaient autour. David vint à sa rescousse. Il leva les mains au-dessus de sa tête et les frappa deux fois l'une contre l'autre. Le claquement sec attira l'attention sur lui. Il dit alors quelques mots dans une langue que ne comprirent pas ses compagnons, mais que comprirent visiblement les moines dont les sourires éclairèrent les visages. On eut dit des enfants à qui on venait de promettre une séance de marionnettes. Ils se reculèrent, laissant le passage à l'équipe pour accéder à l'appareil.

— Que leur as-tu dit ? demanda Félix épaté.

— Je leur ai promis un tour de manège, déclara David tranquillement. D'ailleurs, nous aurons peut-être besoin d'un certain nombre d'entre eux pour charger les matériels à Delhi. Ça ne nous coûte pas grand-chose et ça leur fait tellement plaisir...

— Hé bien ! approuva Félix, je crois que tu viens de nous faire beaucoup d'amis. Sacré David !

Ils furent aidés par les moines enthousiastes à transporter leur matériel jusqu'à la salle d'étude réservée par Tsumpa et qui avait été débarrassée pour la circonstance des bancs et des grandes tables en bois qui la meublaient ordinairement et qui étaient maintenant rangés le long des murs. Quand il ne resta plus dans l'appareil que la Chose, David la posa sur une couverture et en jeta une autre par-dessus. Il transporta lui-même avec Ros jusqu'à la salle d'étude le mystérieux contenu, mais aucun moine n'osa soulever le coin de la couverture.

— Ces gens sont vraiment braves et d'une extrême politesse ! remarqua Germain qui avait observé la scène.

— Oui, fit David, plus je les connais, plus je les aime.

— Et tu as l'air de bien les connaître. Tu parles même leur langue...

— Je l'ai apprise lors de mon premier séjour ici, il y a déjà bien longtemps. J'étais encore étudiant... La meilleure façon de connaître les gens est encore d'assimiler leur culture, et crois-moi, celle-ci est étonnante à de nombreux points de vue.

— Je m'en suis déjà aperçu. La conversation d'hier soir m'a un peu éberlué. Cette histoire de lévites m'en a rappelé une autre...

— Oh ! Ceci n'est pas surprenant ici. Bien d'autres choses pourraient vous étonner si nous avions le temps de rester quelques mois ou quelques années. Nous sommes là, à la porte d'un autre monde. Un voile ténu sépare notre monde physique et matériel d'autres sphères impalpables auxquelles certains de ces moines ont accès. Mais tu risques de me prendre pour un fou si je t'en parle. Eux, pensent que l'initiation n'est pas un fait communicable. Elle doit être vécue pour être acceptée. Je crois qu'ils ont raison. On ne peut rien donner à personne s'il n'est pas prêt à recevoir. Mais quelqu'un d'autre a aussi dit : " *Tu ne me chercherais pas si tu ne m'avais déjà trouvé !* "

— Mais, c'est une parole d'Évangile ! Je te croyais d'origine et de culture hébraïque ?

— Je le suis et je ne les renie pas, d'autant moins que ma famille est très ancienne. D'après les écrits de certains de mes aïeux, ma famille descendrait de Salomon, mais je n'en tire aucune vanité et je suis aussi curieux des autres cultures.

— Tu descends de Salomon ? Et tu n'es pas comblé par le judaïsme ?

— Non ! D'abord, parce que bien qu'elle soit par les femmes, je ne suis sûr de rien en ce qui concerne cette soi-disant filiation qui, de toute manière ne m'apporte rien de plus qu'à un autre homme, ensuite, parce que je ne crois pas que mon peuple ait été "élu" par le Dieu créateur pour quoi que ce soit. La seule mission qui lui ait jamais été confiée par Moïse fut la charge de conserver et transmettre au fil des siècles, l'héritage scientifico-culturel en perdition des maîtres égyptiens. Mais je suis sûr également que cet héritage a été mal compris des pères de ma nation et dénaturé par les interprétations partisanes. Je crois que Jésus a tenté de ramener ses contemporains à une plus juste compréhension des textes et des rites, avant que son enseignement soit trahi à son tour par ceux qui se réclamèrent de lui plus tard. La même chose est arrivée à Mahomet et par sa propre famille dès sa disparition. En fait, toutes les religions dogmatiques sont exposées à ce genre de déviation perverse. La grande différence de la forme de bouddhisme tibétain existant ici avec les autres formes de recherche spirituelles est qu'ici, rien n'est vérité imposée. Chacun y étudie tout, selon ses capacités, par la méditation et par l'expérimentation mentale et psychique. Et les résultats de cette méthode nous paraissent étonnants parce que nous sommes trop habitués à ce que d'autres pensent à notre place. Il est malheureusement vrai que tout le monde n'est pas capable de penser par soi-même. C'est pour ceux-là qu'il est nécessaire d'avoir des guides. Pour ma part, il y a longtemps que j'ai abandonné l'attitude du croyant inconditionnel dans ces liturgies dogmatiques. J'en suis imprégné, certes, mais c'est comme les études à l'école des beaux-arts, une fois qu'on a assimilé la technique, on doit l'oublier pour devenir un artiste, à défaut de quoi on se condamne à demeurer un très bon artisan. Je comprends que l'on fasse baptiser ou circoncire ses enfants, mais moi, je ne ferais pas cela aux miens. Je préfère qu'ils prennent en chaque culture ce qu'elle recèle de meilleur et qu'ils se forgent eux-mêmes leur propre opinion du cosmique. En fait, je ne suis pas loin d'adhérer à la philosophie entretenue ici. Et crois-moi, cette perspective ne heurte pas le moins du monde ma conscience d'être né juif.

— Je te découvre des facettes jusqu'à présent inconnues de moi, et je pense aussi des autres n'est-ce pas ? ajouta Germain en se tournant vers les autres compagnons qui écoutaient silencieusement la conversation.

— Oui, confirma Myriam, c'est captivant.

— J'en reste baba ! souffla Ros.

— Bon ! Captivant ou pas, la conférence est terminée, plaisanta David. N'oublions pas pourquoi nous sommes ici. Ros, installe le système de capteurs lumineux et le prisme. John, vas chercher Tsumpa, Et vous-autres, installez une table et des bancs et tirez les rideaux. La compagnie des babas d'O.R.HUM. va donner une représentation pour notre ami.

*

Il faisait grand jour maintenant et le soleil dardait ses rayons avec générosité dans le ciel himalayen. Le vieux lama s'était assis en tailleur à même le plancher de la salle d'étude, et observait avec une grande attention l'installation bricolée par Ros, destinée à reproduire l'expérience que l'équipe avait déjà effectuée en Antarctique. N'étant pas de formation scientifique, le vénérable moine ne comprenait pas la nécessité de toutes ces dispositions matérielles préalables au simple examen d'un objet caché sous des couvertures. Il avait l'impression d'être arrivé en avance au music-hall et d'assister à la mise en place de ses trucages par un illusionniste avant sa représentation.

Le lama se fit expliquer les détails de cette installation. Julius lui résuma la nature de la lumière, la manière très simple de la capter et de la diriger en faisceau et le rôle d'un prisme pour décomposer cette même lumière. Amusé, Tsumpa apprit ainsi que les choses par elles-mêmes n'émettent pas de couleur mais qu'elles ne font que réfléchir en surface les plages d'ondes électro-magnétiques que leurs électrons n'absorbent pas. Il apprit aussi que la matière physique n'est qu'une illusion, un état transitoire de l'énergie puisque toute matière est un composé d'atomes, eux-mêmes composés de particules, qu'une même particule peut être à la fois matière et énergie, et qu'en un moment déterminé on ne pouvait pas connaître son état avec certitude.

— En somme, conclut Tsumpa, la science civilisée n'en sait pas beaucoup plus que nous sur la réalité du microcosme. Si l'on voulait résumer rapidement, on pourrait dire que sa seule certitude est de savoir qu'elle ne sait pas !

— C'est un peu abrupt comme conclusion, rétorqua Félix. Certes, nous n'avons toujours pas percé les secrets ultimes du rapport entre la matière et l'énergie, mais nous savons tout de même comprendre et reproduire des processus complexes dans le comportement des matériaux et même des bio-éléments.

— D'accord, acquiesca Tsumpa, mais avez-vous déjà VU la vie palpiter dans la matière ? Nous avons vécu souvent cette expérience lors de voyages astraux. C'est une sensation étrange que de voir, avec une acuité extrême les vibrations qui agitent chaque atome de votre corps comme des milliards de petits soleils perdus dans une immensité céleste. Tout ce qui paraît plein est vide, et malgré tout, ce vide est une plénitude.

— Vous voulez dire, s'exclama Myriam, que, si j'ai bien compris, vous avez déjà VU la vie au niveau subatomique ?

— Je ne sais pas trop ce que vous appelez le niveau subatomique, mais je suppose que oui, j'ai vu cette palpitation intime de chaque partie infiniment petite que vous me dites être les particules qui composent notre corps. C'est une expérience que je partage avec de nombreux autres lamas habitués à voyager dans l'astral. Pour nous, cette faculté est réelle et d'un usage assez fréquent. Et d'ailleurs, puisque nous parlions de couleurs à l'instant, je dois dire que les couleurs de l'astral sont bien différentes de nos pauvres couleurs de l'arc-en-ciel. Les mots du langage ordinaire ne suffisent pas à les décrire. Elles sont à la fois d'autres tonalités et d'autres intensités. Elles vous baignent de sensations indicibles et pour ma part, je retrouve une grande vigueur dans mon vieux corps chaque fois que je reviens à lui. Ces couleurs y sont certainement pour quelque chose. Je vais vous confier quelque chose, Myriam : depuis cinquante ans, je n'ai jamais été souffrant de la moindre petite maladie. Malheureusement, je ne peux communiquer cette expérience par des mots. Je ne pourrais que la décrire, et encore, alors qu'il est nécessaire de la vivre soi-même.

— Ainsi, ce serait vrai ! exprima tout haut Myriam.

— Qu'est-ce qui serait vrai ?... demanda Germain.

— Je songeais à de vieux textes conservés par un de mes grands-oncles... Au milieu du siècle dernier, il était archéologue et il a fait la découverte dans des cavités rocheuses de Palestine de très anciens documents, appelés à l'époque "Les rouleaux de la mer morte". C'était des parchemins d'une secte hébraïque dissidente qu'on appelait les esséniens. Le peu qu'on savait à leur sujet du temps de mon grand-oncle, était que ces gens vivaient en communauté assez fermée et qu'ils pratiquaient l'art de la médecine avec un grand dévouement et une incroyable efficacité pour l'époque. Le souvenir de ces gens m'avait effleuré l'esprit lors de notre conversation d'hier soir, à propos de vos vieux manuscrits rescapés de l'incendie, mais maintenant, je me demande... Il faudrait pouvoir vérifier...

— Vérifier quoi ? s'impatienta Germain.

— Eh bien, voilà, expliqua Myriam. C'est une histoire un peu personnelle mais très curieuse : Mon grand-oncle avait trouvé des centaines de rouleaux en plus ou moins bon état de conservation. Certains étaient illisibles, rongés par l'humidité ou par les vers, mais de nombreux autres étaient en parfait état. Comme il était professeur, fonctionnaire d'état, il était censé remettre toutes ses trouvailles au musée national dont il dépendait. Mais mon grand-oncle avait toujours été un homme méfiant des hiérarchies administratives, et il ne remit qu'une petite partie de ces rouleaux aux services du musée. Il enferma le reste dans un coffre à accès numéroté dans un pays d'Europe de l'Est comme on l'appelait encore à l'époque. Il ne conserva avec lui que des copies de ces documents qu'il se mit en devoir de traduire entièrement. Il était expert en langues antiques et il consacra le reste de sa vie à la transcription de ses trésors, comme il les appelait. Il avait percé les secrets de cette langue lors de son séjour sur place. La traduction était presque terminée quand il disparut, près de quarante ans plus tard, dans des circonstances jamais élucidées. Il était parti en voyage en Orient, pour vérifier certains points disait-il, mais il n'en revint jamais. Toutes les enquêtes effectuées à l'époque par mes parents n'ont abouti à rien. Dans la même période, son appartement fut cambriolé et on ne retrouva jamais ses travaux. Pourtant, un jour, un avocat vint trouver ma mère, qui était sa seule nièce, et lui remit une enveloppe que mon grand-oncle lui avait déposée avant de partir en voyage. Cette enveloppe contenait une lettre disant que, s'il ne revenait pas du voyage entrepris, l'on veuille bien donner à sa filleule Myriam, la petite clé en or que voici.

Et Myriam, entr'ouvrant son chemisier, découvrit sa gorge, laissant apparaître entre la naissance de ses seins une petite clef dorée, en forme de croix ansée, qu'on eût pu croire un bijou égyptien, suspendue au bout d'une chaîne à maille finement guillochée.

— J'étais encore bébé à cette époque. Ma mère m'a raconté tout ça depuis, et j'ai toujours porté ce bijou, que vous aviez sans doute déjà remarqué sur moi, mais je ne le considérais jusque-là que comme un souvenir de mon grand-oncle. Il était d'ailleurs aussi mon parrain puisque c'est lui qui avait choisi mon prénom, prétendant qu'il me porterait chance. Mais aujourd'hui, je me demande si cette clef n'est pas une vraie clef. Pas seulement un bijou. Et si cette clef n'ouvrirait pas le coffre de la banque où reposent ses documents. C'est pourquoi je me dis qu'il faudrait pouvoir vérifier. Si tel était le cas, je suis convaincue que ces documents esséniens ont un

101

rapport avec ceux que vous avez dans vos caves, cher Tsumpa. Dans les deux cas, l'âge de ces documents serait le même, leurs auteurs sont des ressortissants d'une très ancienne communauté de type monastique qui pratiquait une médecine ressemblant étonnamment à celle dont vous nous faisiez à l'instant la description.

— Oui, oui, oui !... fit David, songeur. Peut-on savoir pourquoi tu es devenue médecin toi-même, docteur Della Noria ?

— Par vocation, c'est sûr, et aussi sans doute par respect de la tradition familiale. Il y a toujours eu un médecin parmi les membres de la famille, Mais pourquoi cette question ? s'étonna Myriam.

— Non, pour rien, comme ça, pour savoir... fit David. Et ta famille s'est toujours appelé Della Noria ?

— Pour autant que je sache, elle s'appelle ainsi depuis l'inquisition. Beaucoup de noms de famille datent de cette époque. Je crois, à cause des conversions imposées.

— C'est exact, confirma David. En ce temps-là, il valait mieux se faire rebaptiser et christianiser son nom que risquer le bûcher pour le plaisir de s'appeler Jacob. Ainsi tu aurais pu t'appeler Du Puits ou De la Fontaine si tu avais vécu en France.

— Sans doute, mais je ne vois pas...

— Laisse, c'est sans importance, fit David. Et d'ailleurs, tout ça nous éloigne de notre sujet initial. Est-ce que tout est prêt, Ros, pour commencer le show ?

— C'est prêt depuis cinq minutes, répondit Ros. On commence quand vous voulez.

— Allons-y !

*

Cette représentation à un seul personnage valait tous les

scénarios du monde. Tout s'était passé comme la première fois, la Chose s'était doucement soulevée sur elle-même, elle avait tourné, tourné, avait livré aux yeux des spectateurs fascinés le même message que la fois précédente, et était retombée dans le noir après avoir rempli son rôle. La Chose avait produit son effet sur Tsumpa. Il était bouleversé par ce qu'il venait de voir.

— Par le souffle de Brahma ! jura-t-il (pour ce saint homme qui était toujours d'un calme extraordinaire, c'était là le signe certain d'une émotion intense). Où avez-vous trouvé ce... cette Chose ?

— C'est bien là le plus extraordinaire, mon ami, expliqua à nouveau David. Nous l'avons trouvée dans les strates du temps. Nous sommes allés la chercher sans savoir que nous la trouverions là, dans une couche de glace datant de vingt mille ans ! Autrement dit, cette... « Chose » comme nous l'appelons, a au moins vingt mille ans elle-même...

— C'est extraordinaire d'avoir trouvé ça ! dit Tsumpa quand il eut repris un peu ses esprits.

— Je ne vous le fais pas dire ! s'exclama Félix. Ça n'est vraiment pas ordinaire, et même plutôt encombrant sur le plan des connaissances établies...

— Ça n'est pas ce que je voulais dire par extraordinaire, précisa Tsumpa. Je veux dire que c'est une chance inimaginable, un coup du sort insensé qui vous sourit à un point que vous ne soupçonnez pas. Vous ne vous rendez pas compte de tous les aspects de cette découverte. Bien sûr, elle est plutôt dérangeante pour beaucoup de scientifiques et d'historiens imbus de leur petit savoir, mais elle représente surtout pour vous, je devrais dire pour nous, un pas de géant dans la connaissance de l'homme et de l'âme humaine ...

— Je ne comprends pas... dit Félix.

— Vous ne pouvez pas comprendre pour l'instant, c'est normal. Mais, patience, laissez-moi vous expliquer certaines choses à mon tour, répondit Tsumpa. Vous savez que notre philosophie professe la réincarnation de l'âme. Que cette âme individuelle, propre à chacun, subit un certain nombre

103

d'épreuves au travers de vies successives, visant à l'amélioration de la spiritualité de l'individu. De vie en vie, certains êtres élèvent le niveau de leurs vibrations jusqu'à devenir capables de se détacher de la matière et d'exister sans elle. Ceux-là ont atteint le nirvana, ce qui correspond au paradis des chrétiens, état où l'on peut exister éternellement, dans la béatitude de l'harmonie universelle. Ils peuvent aussi choisir de revenir dans un corps pour aider les autres humains dans leur pénible chemin de croix terrestre. Ceux qui font cela sont reconnus par les hommes comme guides de l'humanité dans quelque culture qu'ils se réincarnent. Mais il y a aussi ceux qui ne veulent pas s'élever, ceux qui restent attachés aux jouissances matérielles et charnelles, les avares, les gourmands, les luxurieux, ceux qui aiment exercer pour leur propre plaisir, leur pouvoir sur les autres. Ce sont les égoïstes, les orgueilleux, etc... Ceux-là n'en finissent pas de courir d'échec en échec, d'une vie à l'autre, traînant avec eux le poids de leur karma. Le péché originel des chrétiens n'est rien d'autre que ce karma, le poids des maux qu'ils ont fait subir aux autres dans leurs précédentes existences et dont leur subconscient ne peut se défaire. Car le subconscient n'est pas une affaire de neurologie. C'est une affaire de psychanalyse. Le cerveau, pour nous, n'est qu'un organe comme les autres, un récepteur utile à l'être vivant pour exprimer sa pensée, mais ce n'est pas le cerveau qui produit la pensée. C'est le propriétaire du cerveau, autrement dit l'âme, qui est l'auteur de la pensée. Mais c'est l'âme également qui transporte le poids de ses expériences antérieures, bonnes ou mauvaises, que les analystes appellent le subconscient. C'est d'ailleurs la raison pour laquelle je disais tout à l'heure à Myriam que notre médecine soigne plus l'âme que le corps, car souvent la racine d'une maladie se trouve beaucoup plus en amont du simple siège physique de ses symptômes. Mais ceci était une parenthèse, revenons à l'essentiel. Nous avons donc la conviction, nous-autres bouddhistes tibétains, que l'âme voyage de vie en vie en s'affinant au fil du voyage, comme le fer se purifie à force d'aller au feu et de recevoir des coups sur l'enclume. Mais il est nécessaire de faire le point de temps en temps. Pour cela, existent ce que nous appelons les « annales akkashiques ». Il est bien connu que les mourants revoient, au moment de nous quitter, toute leur vie comme dans un film. Ceci n'est pas une action du cerveau, même si cette vision passe par lui. De nombreux accidentés peuvent avoir eu le cerveau lésé gravement, cela ne les empêche pas de vivre ce même phénomène de retour en arrière. Ces scènes de vie sont tirées de la grande mémoire universelle que sont les mémoires akkashiques. Ne me demandez pas où se trouve situé ce lieu de stockage, je serais bien incapable de vous en indiquer le chemin, mais je sais qu'il existe pour m'y être déjà trouvé projeté en astral. Dans certaines conditions qui ne dépendent pas que de nous, nous pouvons être amenés à avoir accès à ces annales. Il ne s'agit généralement que de celles qui nous concernent en propre, pour cette vie ou pour les précédentes, mais exceptionnellement il arrive que l'on ait accès à des événements concernant d'autres êtres, vis-à-vis desquels nous avons une mission particulière. Je n'en dirai pas plus sur ce sujet, excepté ceci : il nous a fallu jusqu'à maintenant un pur acte de foi pour croire à la réalité de ces annales, puisque rien ne peut apporter la preuve matérielle de leur existence concrète, quelque part. Or, ces annales font état de nos vies antérieures d'hommes sur Terre depuis les temps immémoriaux, et notamment de nos vies d'hommes civilisés, possédant des techniques très avancées, il y a largement plus de vingt mille ans, alors que ces montagnes n'étaient encore que de belles plages au bord de la mer...

— Que dites-vous !?... s'exclamèrent en cœur les auditeurs abasourdis.

— Précisément ce que vous venez d'entendre, confirma Tsumpa avec délectation. Je suis sûr que, maintenant, vous comprenez en quoi votre... Chose a un intérêt inouï pour comprendre non seulement l'histoire de l'évolution physique de la Terre et de l'humanité, mais aussi, en rapport avec ce que je viens de vous dire, la réalité de tout ce à quoi nous croyons ici !... Elle en est la justification éclatante puisqu'elle confirme, par son existence même, les informations enregistrées dans les annales akkashiques. Quelle que soit la nature de ces annales, quelle que soit leur localisation cosmique, les informations qui y ont été puisées se trouvent vérifiées par votre ... Chose. C'est donc la preuve irréfutable qu'elles existent, que le voyage astral permet d'y aller, et donc que l'âme elle-même existe !... Ainsi, une chose de nature parfaitement matérielle peut apporter aux humains des certitudes d'ordre spirituel !... Je trouve ce paradoxe assez amusant. Il illustre d'une manière inattendue votre belle théorie matérialiste sur l'énergie et la matière interchangeables !...

— Vous ne vous étonnez de rien ! constata Félix à l'adresse de Tsumpa. Vous en plaisantez comme si tout ceci vous était déjà familier depuis longtemps ! Je vous admire en un sens, mais laissez-moi vous dire quand même que votre déduction me laisse pantois.

— Soyez pantois tant qu'il vous plaira, cher Félix, il n'empêche que vous me faites là la plus grande joie que des hommes puissent faire à un autre. Ce témoignage par-delà le temps est bien réel. Il est là, devant nous. Sa technologie relève visiblement d'une science très évoluée, malgré son grand âge. Et moi je vous dis que nos informations akkashiques sont confirmées en tous points par ces simples constatations matérielles. Que voulez-vous de mieux ? Que voulez-vous de plus ? Voudriez-vous que votre Dieu tout-puissant vienne en personne, sur sa nuée, vous dire en face : Félix, tu as une vieille âme, prends-en soin ?

— Je ne sais pas... je ne sais plus... je ne sais plus rien !... balbutia Félix. Quelque chose me dit que vous pouvez avoir raison quelque part, mais je me refuse à suivre votre raisonnement. Il est basé sur des rêves, ça n'est pas scientifique... Je n'ai pas l'habitude de raisonner comme ça sur des impressions. Toute révérence gardée, vous pouvez fort bien être sujet à des hallucinations, dans ce rêve que vous appelez voyage astro.

— Voyage astral, Félix, voyage astral, intervint Myriam. Au siècle dernier, des psychiatres occidentaux très sérieux ont longtemps débattu de ce phénomène sous le nom de décorporation, mais comme d'habitude, la faculté les a fait passer pour de doux dingues. Et de grands noms de la neurologie ont doctement déclaré qu'il s'agissait là d'hallucinations dues à des désordres chimiques du cerveau qu'il fallait sans conteste considérer comme l'unique organe directeur de l'être humain.

— Le doute et la peur sont les plus grands ennemis de l'homme, énonça Tsumpa. On ne peut pas convaincre quelqu'un malgré lui. Il faut qu'il ait un minimum de foi en lui-même et de volonté de savoir. Félix n'a sans doute jamais eu de doutes sur les réalités qu'on lui a enseignées. Jusqu'à aujourd'hui du moins. Maintenant, il se pose des questions à ce sujet, et il a peur des réponses évidentes, parce qu'on ne lui a jamais appris à penser autrement qu'avec son intellect et les réponses ne cadrent pas avec ce que son intellect reconnaît, alors il rejette ces réponses que son cœur lui souffle. C'est bien naturel. Il doit faire lui-même ses propres expériences. D'autres parmi vous ont la chance d'avoir déjà vécu cela dans d'autres vies et adoptent plus facilement ces réponses qui trouvent un écho dans leur vieille âme. Chacun porte ici-bas un bagage différent, c'est bien ce qui fait la diversité et l'intérêt de la vie. J'espère avoir l'opportunité de vous faire connaître, Félix, la félicité d'un voyage si cela vous tente. Vous aurez ainsi les mêmes éléments que moi pour vous faire votre opinion.

— Comment ? C'est possible de faire ça sans entraînement ? s'étonna Félix. N'est-ce pas dangereux ?

— C'est possible à condition d'être bien accompagné par un guide qui vous tient la main, comme on apprend à un enfant à marcher. C'est la même démarche au fond, et tout aussi naturelle. Quand au danger, il réside uniquement dans votre propre peur. Mais, nous en reparlerons plus tard, si vous le voulez bien. Pour l'instant, si nous revenions à cette Chose. Nos lumières ont commencé à traduire votre catalogue de symboles. Je crois qu'ils en ont encore pour quelques jours. Que diriez-vous de descendre aux archives, mes amis ? Depuis votre intéressante représentation, j'ai à leur sujet une petite idée que j'aimerais bien vous soumettre.

*

Un séduisant grand homme...

Trois cent soixante cinq marches plus tard, tout le monde passait la porte de bronze et s'émerveillait du monceau de documents entassés là.

— Mon dieu ! fit Myriam. Que mon grand-oncle serait heureux d'être ici ! C'est la caverne d'Ali-Baba pour un archéologue !

— Impressionnant, apprécia John. On se croirait dans un vieux film d'Indiana Jones. Et ce sarcophage au milieu, vous avez vu ça ? Si l'habit est sur mesure, ce type devait faire au moins trois mètres !

— Vous avez raison, John. Il mesurait trois mètres six pour être exact, précisa Tsumpa malicieusement. D'ailleurs, il les mesure toujours...

— Comment ça, s'étonna John, vous voulez dire son squelette ?

— Non, je veux dire son corps momifié. Il a été embaumé par des spécialistes hors pairs, il y a de ça des milliers d'années, on ne sait pas exactement combien. N'étant jamais sorti de cet endroit, ni même de ce sarcophage, le corps est en parfait état de conservation, pas même desséché ou rabougri comme ceux des milliers de momies arrachées aux tombeaux égyptiens ou incas. La peau est encore souple après les millénaires passés en ce lieu. Comme vous ne l'avez peut-être pas encore remarqué, cet endroit est exempt de toute vie animale ou bactérienne, sans doute à cause de cette luminosité blafarde qui émane des parois et agit comme un aseptisant. De ce fait, aucune attaque bactérienne ou nécrophage n'a atteint ce corps depuis que son âme l'a quitté. Nous sommes portés à croire que peut-être, un jour, celle-ci pourrait revenir l'habiter. Mais ceci n'est qu'un espoir indicible. Personne au monde, à part les quelques lamas ayant accès à cette salle, n'est au courant de l'existence de ce grand ancêtre. Vous êtes les premiers occidentaux à entrer ici, et je compte sur votre absolue discrétion. Puis-je avoir votre parole ?

Félix sursauta devant l'énormité de la demande.

— Mais, cher Tsumpa, nous sommes des scientifiques ! Vous rendez-vous compte de l'importance de cette découverte ! Nous ne pouvons pas garder ça pour nous...

— Vous le pouvez, et vous le devez ! Félix. intima le vieux lama. D'ailleurs, pour l'instant vous n'avez pas le choix, mais je suis sûr que vous ne tarderez pas à comprendre qu'il est de votre devoir de garder le secret.

— Ce... corps, peut-on le voir ?... demanda Myriam.

— Si nous soulevons la table de pierre, vous pourrez le voir, dit Tsumpa. Mais je vous en avertis, n'espérez pas lui faire un prélèvement d'organe aux fins d'analyse. Il est hors de question de porter atteinte à l'intégrité de ce corps. C'est d'ailleurs pour cela que nous n'avons jamais parlé à personne de son existence. Des centaines de joueurs de scalpel seraient arrivés du monde entier pour en découper un petit bout et ce corps aurait été tué une seconde fois par un tas d'idiots et de mécréants orgueilleux.

— J'en conviens, c'est sûrement ce qui se serait passé au siècle dernier, assura Myriam, mais aujourd'hui, nous sommes à même de faire une analyse génétique sans même lui faire une ponction. Il me suffirait de frotter sa main avec un papier buvard pour recueillir quelques grains de peaux mortes. Ça ne lui ferait aucun mal et je peux faire tous les examens ici. Dites-moi oui Tsumpa, je vous en prie.

— Vous ne feriez rien d'autre que lui frotter la main ?

— Puisque je vous le dis...

— Avez-vous sur vous de ce papier-buvard ? Nous n'allons pas ouvrir la dalle tous les jours, vous savez...

— Je n'avais pas prévu... mon matériel est resté là-haut... attendez... ça fera l'affaire, est-ce que quelqu'un a un kleenex ?

— Moi, dit Ros, sortant de ses multiples poches un petit paquet blanc sous plastique. Le climat est tellement sain ici que le paquet est encore neuf, je ne l'ai pas ouvert.

— Merveilleux ! s'exclama Myriam. Ros, vous êtes un ange, vous méritez une grosse bise. N'oubliez pas de me le rappeler.

— Comptez sur moi pour ça ! plaisanta-t-il.

— Voilà, je suis prête quand vous voudrez, fit Myriam à l'adresse de ses compagnons.

Tous ensemble, répartis autour de la dalle de pierre, se mirent en devoir de la faire pivoter sur son socle. L'effort ne fut pas long. La dalle glissa en biais sur le sarcophage, découvrant l'extrémité nord qui semblait en être la tête.

— Mon dieu !

— Incroyable !

— Fantastique !

— Hallucinant !

Telles furent les seules expressions que parvinrent à articuler les témoins privilégiés de cette extraordinaire exhumation.

L'homme, géant, au visage entouré de longs cheveux noirs formant un halo autour de sa tête à la peau légèrement cuivrée, semblait dormir. Une expression de paix rendait ce visage presque souriant. Les mains posées sur le thorax formaient une croix en se recouvrant, la droite sur le cœur. Il était habillé d'une sorte de grande robe blanche, sans doute du lin à en juger par la finesse du tissage, dont le col était échancré jusqu'à hauteur de l'estomac et laissait apparaître une chaîne d'or ornée d'un médaillon sur sa poitrine. Ce médaillon représentait l'un des symboles de la Chose !...

*

Tsumpa, légèrement en retrait, souriait malicieusement de la stupeur de ses compagnons. Bien sûr, il savait à l'avance ce qu'ils allaient découvrir en ouvrant le sarcophage. C'est même pour cela, parce qu'il connaissait ce médaillon, qu'il avait envoyé ce message qui les avait fait venir. La chance avait voulu que dans le même temps, le glacier dépose ces restes humains décharnés, et il avait sauté sur l'occasion. Bah ! Il aurait trouvé autre chose si ce prétexte n'avait pas été disponible. Ça n'était pas la première fois que le glacier révélait des restes humains très anciens, mais d'habitude, les aigles se partageaient ce festin dès qu'il était décongelé, ou bien les moines l'incinéraient. Là, il avait donné les ordres nécessaires pour recueillir ce pauvre cadavre dans le meilleur état possible, à seule fin de justifier la venue de David. Son équipe était arrivée avec lui, et c'était tant mieux. Tous ces gens sont ouverts et très intelligents, même Félix malgré ses réticences à prendre son envol et à s'affranchir des idées reçues. Ils ne seront pas trop de huit pour porter le secret et la charge de ces révélations qui s'annonçaient. Car, si le cadavre du glacier n'était à ses yeux qu'un prétexte, même s'il présentait un intérêt réel pour ces scientifiques, l'autre corps, celui qu'ils avaient en ce moment sous les yeux avec son médaillon, celui-là méritait une toute autre attention. Et c'est bien pour celui-là qu'il les avait fait venir. Il pensa qu'il n'avait pas encore le cerveau rouillé et qu'il avait finalement assez bien réussi son affaire.

— Dites-moi, Tsumpa, fit David qui parut comprendre la pensée du lama, vous nous avez fait venir pour ça, n'est-ce pas ? Pas pour l'autre ?

— Tu penses bien, mon ami. Lirais-tu dans mes pensées ?

— Dieu m'en garde, plaisanta David, leur profondeur est insondable et je suis sujet au vertige !

— Oui, je vous ai fais venir pour ça. Quand j'ai vu ce symbole parmi ceux remplissant votre catalogue d'art, j'ai immédiatement réalisé qu'il s'agissait du même que celui de ce médaillon. J'en ai conclu logiquement que votre découverte avait un rapport certain avec le corps qui se trouve ici depuis si longtemps.

Je dis depuis si longtemps parce que nous ne savons pas dire depuis quand. Il a toujours été là, depuis qu'il existe une présence humaine en ce lieu, bien avant que ne brûle le précédent monastère il y a quinze siècles. Et rien ne nous permet de lui donner un âge. Nos facultés de voyager dans l'astral et de remonter nos propres vies antérieures ne nous permettent pas de nous mettre, si j'ose dire, dans la peau d'un autre. Sinon, nous aurions déjà essayé de nous identifier à cet homme et de remonter le temps. Mais ceci est impossible, à moins d'avoir soi-même un niveau de vibration identique au sien, ce qui est aussi improbable que de trouver deux individus ayant des empreintes digitales identiques.

Dans cette impossibilité où nous nous trouvons de lui donner un âge sans faire appel aux technologies de datation chimiques habituelles aux momies, le fait que vous ayez trouvé quelque chose portant les mêmes symboles m'a immédiatement suggéré que vous seriez à même d'apporter des éléments nouveaux à cette énigme. Je crois que j'avais raison de le penser.

— En effet, dit Myriam, je dois pouvoir faire dire beaucoup à ces quelques squames, fit-elle en rangeant soigneusement un kleenex dans la pochette de plastique. Mais, d'ores et déjà, cet homme me parle. Je veux dire, sa physionomie. Il est certes bien plus grand que la moyenne, bien plus grand que l'on n'ait jamais imaginé nos ancêtres, mais il a les cheveux bruns, fins et soyeux, pas du tout crépus, la peau cuivrée, plutôt dorée, comme quelqu'un qui vit au bord de la mer, et son corps est visiblement bien proportionné, musclé où il doit l'être. Si je devais le classer parmi les diverses races humaines connues, j'hésiterais entre les indo-européens et les tout premiers sémites. En outre, si je peux y ajouter un avis féminin purement subjectif, c'est un très bel homme. La seule chose qui, proportionnellement au reste, me semble un peu ridicule, c'est son sexe. Il a un tout petit kiki pour un homme de cette taille, mais la grosseur ne fait rien à l'affaire !

— Sacrée Myriam, s'esclaffèrent en chœur ses compagnons, rien n'échappe à ton œil averti !

— Riez, bande d'andouilles, heureusement que j'ai une certaine expérience de ce genre de choses, je suis certaine qu'aucun d'entre vous n'aurait rien remarqué !

— Ça n'aurait pas eu grande importance, plaisanta Félix.

— Détrompez-vous, reprit Germain. La taille de cet appendice peut être révélatrice de quantités d'informations d'ordre social. C'est avant tout l'organe de reproduction de l'espèce humaine, quoi qu'on en dise ou qu'on en fasse, si j'ose dire, et à moins d'être tombé sur le seul spécimen de cette espèce qui ait été mal servi par la nature, on peut penser que la nécessité de reproduction n'était pas si cruciale pour eux qu'elle ne l'est pour nous.

— C'est une déduction qui vaut ce qu'elle vaut, mais qui me paraît plausible, confirma Tsumpa. Merci, Myriam !... J'avais déjà examiné plusieurs fois ce corps et je n'avais jamais remarqué ce détail de disproportion. Il est vrai que je ne suis qu'un homme, moine de surcroît, et que je n'ai pas l'habitude de ce genre de comparaison... ajouta-t-il dans un sourire malin.

— Ah, non, Tsumpa ! Vous n'allez pas vous y mettre aussi, ça suffit de ceux-là ! s'écria Myriam en riant.

— Trêve de plaisanteries, coupa Germain. Cette hypothèse est intéressante si on la met en rapport avec la longévité de ce monsieur. Quel âge peut-il avoir, d'après vous ? Je veux dire, quel âge pouvait-il avoir au moment de sa mort, bien sûr ?

— Difficile à dire, déclara Myriam. Il paraît relativement jeune comme ça. Peut-être quarante à cinquante ans. La peau est encore bien tendue, pas de bajoues pendantes, peu de rides, et pourtant, si l'on regarde ses dents, on est décontenancé par leur usure prématurée. Je veux dire, elles sont encore assez longues et saines mais leur usure laisse paraître des concentriques incroyables, on croirait voir un séquoia plusieurs fois centenaire. J'avoue ne pas comprendre... Pour le reste, les mains sont assez fines, pas calleuses du tout. Cet homme devait avoir une activité beaucoup plus cérébrale que manuelle, d'ailleurs, il est très légèrement hypertrophié au niveau des tempes et de la plaque frontale, ce qui semblerait indiquer une capacité intellectuelle extrêmement développée. Ah ! décidément, je le trouve de plus en plus craquant !

— Bon, arrêtons-la avant qu'elle fasse une bêtise, décida David dans un sourire. Je crois que ce monsieur nous a dit tout ce qu'il pouvait nous dire pour l'instant.

— Oui, sans doute, fit Tsumpa. Lui nous a probablement tout dit, mais pas le reste de l'endroit. Aidez-moi à refermer ce sarcophage, et voyons un peu ce qu'il y a autour...

Ils replacèrent la dalle sur ses bases, laissant le corps de cet homme étonnant reposer dans l'ombre et le silence. Dans la lumière verdâtre émanant des parois, l'humeur badine de l'ambiance précédente disparut. Et chacun, d'un coup, reprit son sérieux, comme si on venait de mettre un vieil ami commun au tombeau.

— J'ai froid ! dit Julius. Comme si un frisson me parcourait l'échine. Il n'y a pourtant pas de courant d'air.

— Moi aussi, dit Félix. C'est sûrement un peu d'angoisse ou de claustrophobie. Sauf pour un archéologue, l'endroit n'est pas vraiment enchanteur. Et cette lumière blafarde m'indispose. N'avons-nous pas descendu de lampes torches électriques ? Ros, allume un peu une lumière civilisée, qu'on y voit plus clair.

— Tout de suite !

Et Ros tourna le connecteur de la puissante lampe torche qu'il portait dans une de ses multiples poches. Et la lumière fut !

Une clarté blanche illumina la grande salle voûtée du sol au plafond. Ce devait être la première fois qu'une telle clarté éclatait sous cette grande voûte rocheuse. Et ce fut aussi la première fois que Tsumpa leva les yeux au plafond et le regarda de cette manière.

115

Sur toute la surface de la voûte, au travers de la fine couche de fumée déposée par des générations de lampes à beurre, une image incroyable apparaissait à leurs yeux incrédules : un ciel étoilé digne du grand planétarium d'Atlantania couvrait la totalité du plafond. On pouvait y discerner les différentes constellations, avec encore ces signes étranges qui rappelaient ceux de leur Chose.

— Qu'est-ce que c'est que ça !... s'exclama Tsumpa.

— Je crois que tu as la réponse à la question que tu te poses, cher Tsumpa, songea David comme dans un rêve. Voilà le calendrier que tu cherchais. Il était là, sous, ou plutôt au-dessus de tes yeux. Il suffit de lire la position des étoiles et tu auras l'âge du capitaine ! Ah, évidemment, avec une lampe à beurre... c'est plus difficile à calculer !

D'un coup, l'atmosphère était redevenue joyeuse, même euphorique. Chacun essayait de reconnaître les constellations, les étoiles et les planètes. Au bout d'un moment, il fallut se rendre à l'évidence : ce plan du ciel ne correspondait pas à l'époque historique. Il était vraisemblablement beaucoup plus ancien. On renonça à l'interpréter sur place et il fut décidé de revenir avec des matériels photographiques pour en faire un cliché exploitable par les ordinateurs. Puis, l'excitation un peu retombée, on s'intéressa aux rouleaux et aux livres de bois rangés sur les dalles encastrées. Tsumpa en prit quelques-uns sous son bras et les explorateurs en chambres souterraines passèrent dans la seconde cave. Là étaient rangés les fameux disques de pierres. Tout de suite, Julius en ramena un à la lumière de la lampe torche. C'était un disque en parfait état et il l'examina sur ses deux faces. De fines stries en spirale allaient du bord extérieur vers le centre où se trouvait le trou. Quelques signes apparaissaient, peints peut-être, sur les deux faces, mais rien de plus. Alors, Julius sortit de sa poche un crayon, qu'il enfila dans le trou. Il mit le disque en équilibre sur le bout de ses doigts réunis autour du crayon et, de sa main libre, fit tourner le disque dans la lumière éclatante de la lampe. Aussitôt, un léger bruit se fit entendre, presque un grincement, un couinement, inaudible et sans signification. Julius relança le disque. Le même bruit recommença, un peu plus fort..

...d'âge vénérable

Les huit compagnons eurent beaucoup de mal à se concentrer l'après-midi sur les autres tâches qui leur avaient été assignées. L'enthousiasme avait laissé la place à l'euphorie après la petite séance de disk-jockey de Julius. Tsumpa surtout était excité comme un pou, à l'idée que, non seulement il allait peut-être obtenir le moyen de connaître le contenu de ces disques, mais qu'il avait enfin celui d'obtenir une date certaine concernant le plus grand des mystères, l'âge de l'homme du sarcophage. Ceci représentait pour lui la récompense ultime pour les générations de moines, dont il était le dernier représentant en date, qui s'étaient succédées au travers des siècles pour conserver, défendre et préserver cette dépouille sacrée. Le vieux lama pleurait de bonheur à l'idée de cet aboutissement tant attendu et tant mérité par l'infinie patience de ses prédécesseurs. Il rendait grâce à la tradition qui avait permis cela à travers les siècles, et en même temps il pleurait de rage à cause du poids de cette même tradition qui avait fait négliger le progrès technique. Lui qui avait voyagé dans le monde entier, qui connaissait la vie moderne, les grandes villes avec leur débauche de lumière, qui avait vu Hollywood de la fin du siècle, visité Disney-Land à sa grande époque, et tout le reste, il aurait dû tout de même faire la part des choses au lieu de se renfermer dans les usages moyenâgeux. Il s'en voulait à lui-même. Ces lampes à beurre, utilisées depuis la nuit des temps, auraient dû lui paraître d'une incongruité innommable au XXIe siècle ! Dire que c'était si simple de trouver la réponse ! Il suffisait d'éclairer pour avoir l'illumination ! Pour se calmer, il se dirigea vers le Temple et se promit une méditation d'une heure au moins.

*

Myriam, de son côté, avait installé avec Ros un laboratoire improvisé dans une salle de classe. Le monastère était habituellement en charge de l'éducation primaire des enfants du village, mais en ce début de printemps, deux semaines de congés scolaires avaient rendu les lieux disponibles. Ils en avaient donc profité pour squatter l'unique pièce correspondant à leur besoin. Les instruments étaient branchés sur le générateur du léviteur et disposaient de toute l'énergie désirable. Le microscope à balayage et les scanners attendaient maintenant que Myriam ou Germain y déposent leurs échantillons.

*

David et Julius étaient partis avec John sur le pied du glacier et y opéraient leurs prélèvements tout en repassant dans leur tête les événements de la matinée.

— Comment t'est venue cette idée de génie, ce matin ? demanda John à Julius.

— Oh ! ça n'a rien de génial. Je me suis seulement souvenu des CD-ROMs de mon grand-père. Avant qu'on ne sache faire tenir des gigabytes dans une petite puce, on stockait des informations sur des disques optiques que pouvaient relire des systèmes électroniques. C'était encore très utilisé au début du siècle. Mon grand-père, qui était très mélomane, avait ainsi toute une collection de ces enregistrements qu'il faisait jouer indifféremment sur sa chaîne stéréophonique ou sur son ordinateur. Il passait ses journées avec Gershwin,

Mozart, ou Haendel, tout en travaillant. J'ai un excellent souvenir de mon grand-père. C'est lui qui m'a donné le goût de la poésie, et je pense souvent à lui. Quelquefois, je rêve même de lui. Je sais, ça fait un peu infantile de dire ces choses, mais que veux-tu, je l'aimais beaucoup. Et tu vois, ça m'a servi de penser à lui et à ses vieux lasers, puisque l'idée m'est venue d'une similitude éventuelle entre ces très vieux disques et les moins vieux de mon grand-père. Mais j'avoue que je suis le premier surpris, je pensais qu'il fallait le faire tourner sur un axe, mais je n'aurais jamais imaginé obtenir un résultat d'une manière aussi simpliste. Les CD-ROMs de Grand-père nécessitaient un lecteur électronique compliqué pour les faire jouer, avec un pinceau très fin de lumière concentrée. Ceux d'ici semblent jouer sans autre appareillage que la pleine lumière. En fait, c'est une technologie complètement différente, et il ne faut pas s'emballer trop vite. Peut-être n'arriverons-nous pas à les faire chanter aussi facilement.

— C'est possible, confirma David, mais j'ai l'impression que cette technologie est proche de celle employée pour notre Chose. Peut-être est-ce la même, et cela impliquerait que ces disques et notre Chose pourraient être, non seulement contemporains, mais encore issus d'une même civilisation technologique. Dans ce cas, nous connaîtrions déjà l'âge des disques, et je ne serais pas étonné de trouver la même date à notre splendide calendrier astronomique...

— Quoi ! s'exclama Germain. Tu crois vraiment que ce type pourrait avoir vingt mille ans, lui aussi ? C'est parfaitement impossible de conserver un corps dans un tel état aussi longtemps ! Regarde les momies égyptiennes, elles n'ont que sept à huit mille ans pour les plus vieilles, et elles sont loin d'être dans cet état.

— Je sais cela, Julius, je sais cela, enchaîna Germain, penché sur un bloc de glace. Mais souviens-toi de notre conversation en Terre Adélie. Imagine que ces chers égyptiens, ou les sumériens, ou les babyloniens, n'aient été que les survivants d'un cataclysme mondial. Leur science de l'embaumement comme leurs autres arts n'auraient été que de pâles reliefs du monde antérieur. Il est fort possible, et je suis d'ailleurs de plus en plus porté à le croire, que ce géant est en fait bien plus vieux qu'on ne le suppose... Ah ! Ça y est, je l'ai ! John, passe-moi un conteneur, s'il te plaît... Quelque chose me dit que ce petit bonhomme là pourrait bien nous faire encore une autre surprise...

— Ce petit bonhomme ! Pour un type de trois mètres ?...

— Non, je ne parle plus de lui, je parle de l'autre, dans le frigo. Je trouve curieuse l'inclusion de ce bloc. Il faut absolument qu'on l'examine de plus près. Regarde ça ! On dirait une pointe de flèche ou de javeline.

— Oui, ça y ressemble. Ça appartenait sûrement au petit bonhomme, comme tu dis. Dis donc, tu n'as pas l'intention d'emporter tout le glacier !?

— Non, rassure-toi, juste les deux ou trois mètres cubes qui l'environnaient, par prudence...

*

Pendant que Germain examinait une lame de glace découpée dans le bloc emprisonnant les restes humains du glacier, Myriam était penchée sur l'écran bleuté de son portable relié au microscope à balayage, et regardait avec attention les résultats de l'analyse des minuscules squames qu'elle avait prélevés sur la main du géant. Elle lui avait commandé la série complète d'examens approfondis, et l'ordinateur, malgré toute sa puissance, avait quand même dû passer tout l'après-midi à traiter la masse d'informations données par l'appareil. Elle était impatiente de lire les dernières lignes. Tout le reste était du jargon technique qui permettait aux grands laboratoires d'étudier chaque stade de l'analyse, mais Myriam n'en avait cure. Ce qu'elle voulait, ce qu'elle attendait, c'était essentiellement trois choses : la vérification des caractéristiques génétiques de l'homme, son âge à la date de sa mort, et la date de cette mort.

Les trois lignes attendues s'affichèrent comme suit :

« *Espèce : HUMAINE - 46 chromosomes assemblés par*

paires X et Y. »

« *Individu âgé de 512 ans au moment de son décès.* »

« *Le décès remonte à...* <ERREUR-ERREUR-ERREUR-ERREUR-ERREUR-ERREUR->... »

— Merde ! lâcha Myriam. Il ne manquait que ça ! Matériel pourri !

— Ça ne va pas ? demanda Germain, surpris par le juron.

— Regarde toi-même ! dit-elle en lui tendant la sortie d'imprimante. Ce matériel n'a sans doute pas supporté le voyage. Voilà ce qu'il donne... ERREUR-ERREUR-ERREUR... !

— D'accord pour la dernière ligne, mais pour les autres, ça marche, objecta Germain.

— Comment peux-tu dire que ça marche, enfin ! Ce type ne peut pas avoir cinq siècles ! C'est insensé ! D'autant que la première ligne confirme sa nature parfaitement humaine.

— Laisse-moi voir un peu les détails, dit Germain.

Et, s'installant à la place de Myriam, il se mit en devoir d'éplucher la liasse de listing qui sortait de l'imprimante. Il y resta un moment. Myriam lui apporta du café qu'elle était allée faire dans la cabine du léviteur. Près d'une heure plus tard, Germain releva la tête, le sourcil haut et l'air amusé.

— Ma chère, je n'ai trouvé aucune erreur. Et je crois que cet appareil est en parfait état. Il t'a donné son analyse à propos des chromosomes sans difficulté. Normal. Il t'a donné ensuite son estimation de l'âge du sujet à son décès. Trois chiffres. C'est encore normal. Il est programmé pour donner des nombres allant jusqu'à trois chiffres pour les centenaires ou un peu plus, et personne n'a jamais pensé à lui mettre un blocage au-delà de cent-vingt ou cent trente ans. Par contre, la date de ce décès n'entre pas dans le format prévu par son programme. Il t'affiche donc une erreur parce qu'il n'est pas prévu pour analyser des tissus humains de plusieurs dizaines de milliers d'années. Son programme standard d'analyse génétique est copié sur ceux de la médecine légale, mais on n'a jamais vu faire une enquête policière sur des tissus de momie, ça relève de l'égyptologie, pas de la police.

— Alors, ce superbe mec aurait vraiment 512 ans ! Je ne sais pas pourquoi, il me plaît beaucoup moins tout-à-coup ! Bien sûr, ça expliquerait l'usure de sa dentition, mais comment est-ce possible d'avoir une peau aussi souple ? Il faudra qu'il me donne la marque de sa crème hydratante !

— Sois tranquille, tu n'en as pas encore besoin... Pour ce qui est de sa date de décès, ça ne doit pas poser de problème, le calendrier astronomique nous renseignera bientôt. Ros ne va pas tarder à remonter de la caverne aux secrets avec les photos numérisées de la voûte. On pourra les travailler immédiatement avec le tableur de calcul astronomique du bord. Heureusement que ce brave léviteur est là !... As-tu encore un peu de café ?

*

Ros était en effet descendu avec Lobsang, un des moines que David appelait une « lumière » parce qu'il pouvait discerner l'aura, sphère lumineuse enveloppant les êtres vivants. Le vieil homme ne descendait plus que deux ou trois fois par an dans cette caverne. Son grand âge ne le lui permettait plus et il fallait qu'il fasse des haltes fréquentes. Le brave lama était un homme charmant, frisant largement les quatre-vingt dix ans, pas très causant au premier abord, mais il s'était trouvé avec Ros un langage commun en chinois de Canton et la descente des trois cent soixante cinq marches leur avait paru moins longue à tous deux. Ah ! autrefois, il passait des heures en bas, plusieurs fois par semaine. Dès que son travail avec les novices était terminé et qu'il avait fait sa méditation, il descendait là, au calme absolu, et dans la lueur de sa lampe à beurre, il déchiffrait les textes anciens sur les larges livres à couverture de bois ou sur les rouleaux.

Il raconta à Ros qu'un jour, fatigué, il avait fermé les yeux et s'était endormi là, sur la dalle de pierre du sarcophage. Oh, il savait bien qu'il y avait quelqu'un à l'intérieur, mais ça ne lui faisait pas peur. Les morts ne font pas peur quand ils ont atteint les sphères célestes. C'est ceux qui n'y parviennent pas qui sont à craindre, ou à plaindre, parce qu'ils restent ici à errer en ce monde qui n'est plus le leur. Certains se renferment dans leur prostration et peuvent rester ainsi des siècles de notre temps, d'autres deviennent farceurs et méchants et passent leur aigreur sur les humains quand ils peuvent. Mais ce n'est pas le cas de l'homme qui est là sous cette dalle ! Lui, Lobsang en est sûr, c'est un Maître, un saint, peut-être même un Dieu, pour autant qu'il puisse y en avoir un autre que Brahma. Alors, Lobsang n'avait aucune raison d'avoir peur de s'endormir là. Il dormit si bien qu'il y resta près de trois jours et trois nuits. Les autres moines ne s'étaient pas aperçu de sa disparition, le croyant sorti au village. Tout de même, au bout de trois jours on s'inquiéta de lui et on le chercha partout. C'est ainsi qu'on finit par le retrouver dans la lueur blafarde des parois parce que tout son beurre avait brûlé, pâle et froid, allongé sur la pierre, et qu'on le ramena au jour.

Il avait bien failli s'en aller pour de bon, cette fois-là ! Il était vraiment parti d'ailleurs, son âme avait voyagé jusqu'à une autre étoile, où un monde souriant l'avait accueilli les bras ouverts... Il sait très bien où il ira quand il partira. Il a le chemin gravé dans son cœur...

La porte de bronze était là. Ros tira les énormes verrous et ils entrèrent. La lampe torche illumina la salle, et Ros alla la planter au beau milieu, sur la dalle de pierre, droit vers le plafond. Il sortit son objectif grand angle et l'adapta au caméscope, prit la bonne orientation et flasha la voûte. Puis il rangeait son matériel, s'apprêtant à remonter, quand le vieil homme lui dit :

— Tu sais, petit, qu'on s'est déjà rencontré ?

— Sans doute au réfectoire, dans un couloir ou autour du léviteur, répondit Ros.

— Non, pas ici, pas maintenant, je veux dire il y a longtemps.

— Ah ! Vous voulez dire dans une autre vie, sans doute ? fit Ros en souriant.

— Oui, c'était en hiver, il faisait froid, il y avait beaucoup de neige, et beaucoup de morts et des villes en flammes...

— Qu'est-ce que vous dites !?...

— C'était dans une grande plaine, et la glace de la rivière a craqué sous le poids des chevaux...

— Comment savez-vous cela ?

— J'étais ton ami, je suis mort avec toi dans l'eau glacée... avec des centaines d'autres chevaux légers...

— Arrêtez, vous me faites frémir ! Comment savez-vous cela ? C'est un cauchemar que je fais fréquemment, mais je n'en ai jamais parlé à personne !

— Je sais bien, petit. C'est pour ça que ça dérange ton mental... Tu devrais te débarrasser de cette peur psychique. C'est fini, tu es vivant de nouveau... et tu n'as plus de raison de t'en faire, tes amis sont des êtres lumineux avec qui tu iras loin... fit le moine en hochant la tête.

Puis, soudainement, levant le bras vers le plafond :

— Les étoiles, ce sont les étoiles ! La mienne, la mienne est celle-ci, regarde ! Celle-ci, c'est celle-ci, je la reconnais ! s'écria le vieux excité comme un enfant en montrant un point sur la voûte illuminée.

— Allons, grand-père, calmez-vous. Venez, remontons, dit Ros. Ça n'est pas bon pour vous, à votre âge de vous exalter comme ça ! Et il vous faut garder des forces pour retourner au jour.

Ros était soudain inquiet de la santé mentale du vieil homme et il se promit de rapporter cet incident à Tsumpa dès que possible.

*

Paradoxe et simultanéité

Quand il vit la lumière du jour, après une bonne demi-heure de lente remontée en surveillant le vieux Lobsang, Ros se rendit droit à la salle de classe. En chargeant la mémoire de son caméscope sur l'ordinateur, il regardait Myriam et Germain, assis dans un coin et qui l'observaient en partageant un sourire complice.

— Qu'est-ce qu'il y a ? demanda Ros. Je suis devenu vert ou quoi ?

— Non, non, on ne se moque pas de toi, mon chinois adoré, répondit Myriam. On se demande seulement quelle tête tu aurais si tu vivais centenaire...

— J'aurai sûrement l'air plus jeune que vous, plaisanta Ros. C'est bien connu que les asiatiques vieillissent moins vite que les occidentaux. Vous aurez déjà des plis partout quand mes tempes seront tout juste grises !

— En somme, tu espères devenir un Don Juan grâce à ta longévité ! rétorqua Germain. Mais il faudrait être sûr de l'atteindre !..

— Pas de problème pour ça, répondit Ros. Le vieux Lobsang me l'a prédit. Il m'a dit que je vivrai longtemps avec vous. Je peux donc, d'ores et déjà prendre les paris, rendez-vous dans un siècle pour la comparaison. N'oubliez pas d'apporter un miroir !...

— À ta place, je ne parierais pas, conseilla Myriam. N'oublie pas que Germain est biologiste. Il vient de me promettre de trouver le secret de l'éternelle jeunesse. Et il est sur une sérieuse piste, crois-moi !

— Une sérieuse piste ? Ah ! si vous commencez à tricher, j'annule le pari. Auriez-vous par hasard, trouvé quelque potion magique ?

— Tiens-toi bien. Nous avons trouvé l'âge de Monsieur Géant. Tu peux t'aligner si tu veux.... Il a 512 ans ! Qu'en dis-tu ? Il est bien conservé pour son âge n'est-ce pas ? Voilà ce qu'on peut appeler un Don Juan sur le retour.

— Tiens ! Je l'aurais pourtant cru beaucoup plus vieux, fit Ros.

— Tu n'y es pas, mon chou, fit Myriam. Il ne date pas de 512 ans... Il avait déjà cet âge-là quand il est mort !... Tu vois, tu as encore du chemin à faire pour améliorer le score !

— C'est pas croyable ! D'où vient ce type ? D'une autre planète ou quoi ? ... 512 ans !... répéta Ros éberlué. Et de quand date-t-il alors ?

— Ça, nous comptons sur toi pour nous le dire, dit Germain. L'ordinateur y a renoncé par K.O. !

— Il me semble fonctionner parfaitement pourtant, observa Ros qui, tout en plaisantant, avait branché l'appareil sur les circuits du léviteur.

— Oui, il marche bien. Ce n'est pas l'appareil qui plante, c'est le programme de génétique. Tu arriveras à un résultat avec le tableur astronomique. Ah, le voici qui se lance, justement. N'oublie pas de lancer la macro-commande de calcul pour la précession des équinoxes, j'ai le sentiment qu'elle sera nécessaire, précisa Germain.

— C'est parti ! fit Ros. Ça ne devrait pas être long. Oh ! Tenez, regardez là, vous voyez cette étoile, c'est celle de Lobsang. Il est sûr d'aller là quand il sera mort. Ce type est absolument charmant mais je me demande s'il n'a pas un peu l'esprit dérangé par instants. Si vous saviez ce qu'il m'a raconté...

— Je commence à ne plus m'étonner de rien, assura Myriam. Dis toujours...

Et Ros raconta sa discussion avec le vieux lama, son cauchemar fréquent, la poésie du vieil homme et leur soi-disant amitié d'une autre vie, etc...

— Étrange histoire, fit Myriam, pensive.

— Oui, mais c'est bien dans le fil de leur croyance, Cet homme est parfaitement sain d'esprit, ou alors, c'est qu'ils sont tous cinglés. Et ça ne me semble pas être le cas pour Tsumpa ni pour les autres. De plus, depuis que nous sommes ici, beaucoup de gens pourraient nous prendre nous aussi pour des fous... énonça Germain. Ah ! je crois que le calculateur astronomique a terminé. Voyons un peu...

Sur l'écran bleuté, un chiffre en gros caractère s'étalait sous quelques lignes :

— Paramètres astronomiques relatifs à la dispositions des constellations par rapport à une observation terrestre depuis l'hémisphère Nord : Latitude 35°87' ; Longitude 77°15' ; Temps universel : — 21 600.

— Pssiouh ! siffla Germain. Quelle belle santé pour un noble vieillard !

— Encore une chose impossible ! murmura Myriam. Ça ne cadre pas avec ce qu'on sait de l'état de la civilisation à cette époque. Il aurait donc approximativement le même âge que notre « Chose » d'Antarctique ! Vous vous rendez compte, ce type, ce fier géant, tellement soigné et raffiné, visiblement un intellectuel, vivant en plein âge de pierre !...

*

David et Julius arrivèrent à cet instant avec leur cargaison de glace fondante. Ils prirent connaissance des résultats avec une perplexité accrue.

— Vous ne vous êtes pas trompés en entrant les données ? demanda Julius. Vous êtes sûrs de vous ?

— Absolument certains. confirma Germain. Et d'ailleurs, nous n'avons rien rentré au clavier. Toute l'analyse organique a été gérée par la machine d'après les échantillons prélevés par Myriam, sans aucune intervention humaine. De plus, j'ai tout revérifié sur listing. Pas d'erreur possible. Quant au résultat du calcul astronomique, il s'est effectué directement d'après le photogrammage de la voûte. Les résultats sont indiscutables. Il faut nous arranger avec, même si ça paraît assez dingue, je te le concède. Et vous, qu'avez-vous récolté là ?

— Quelques indices sur le milieu et le mode de chasse, je suppose, du petit bonhomme du frigo. Tiens, Myriam, fit David, en lui tendant un objet sombre et glacé, fais donc décongeler ce truc, s'il te plaît. Je prendrais bien un café, qui en veut ? Ros, va chercher Tsumpa, s'il te plaît. Il faut qu'il sache immédiatement ces conclusions sur ce brave géant...

Pendant que John partait faire le café dans le léviteur, Myriam avait passé l'objet dans une sorte de four à micro-ondes qui fondit la glace en un instant. La minute suivante, elle tendait à David un morceau de tige brisé au bout duquel était fichée une lame de silex parfaitement taillée et encore coupante comme un rasoir.

— Qu'a donné l'étude de la glace ? demanda David à Germain.

— Classique de la proto-Histoire, répondit Germain. Période de jonction entre la fin du paléolithique et le néolithique supérieur. On peut situer une date, d'après les micro-bulles contenues dans cette glace. Je donnerai une date approximative en disant aux alentours de 11 300 av. J.C.

— Ce que je confirme parfaitement en tant que spécialiste de l'Histoire des techniques, constata David. Cette pointe de flèche est typique de l'art achevé de la taille du silex. Notre bonhomme du frigo devra encore attendre de trois à six millénaires pour mettre du bronze au bout de ses flèches. Par ailleurs, malgré le peu de qualité de ses restes, on a pu voir avec Myriam tout à l'heure, que le pauvre était plutôt mal servi par la nature quant à son aspect physique. Ce qui n'a pas été dévoré par une bête féroce à l'époque en laisse voir suffisamment pour lui restituer un faciès assez obtus, front bas et plat, arcades saillantes. Bref, sans être paléontologue, on peut être catégorique : ce bonhomme du glacier est un primaire, chasseur-cueilleur sans distinction ni culture, presque un sauvage, sans doute un néandertalien mais en tous cas pas encore un homo-sapiens. Il cadre parfaitement avec nos connaissances de la préhistoire classique. Inutile donc de perdre trop de temps avec lui. Cependant, il va encore nous servir.

— Nous servir ?... à quoi ? risqua John.

— Nous servir de prétexte, mes amis. Nous avons besoin de certains matériels dont nous ne disposons pas à bord du léviteur. L'équipement qui était prévu pour la Terre Adélie convient bien pour les glaciers d'altitude mais il nous manque toutefois des instruments complémentaires pour mener à bien cette mission. Je vous annonce que ce petit bonhomme dans le frigo va nécessiter un petit voyage en ville pour se procurer les équipements indispensables à sa bonne conservation. Nous en profiterons pour rapporter ce dont nous avons réellement besoin pour faire parler les pierres... Et puis, ça fera faire un peu de tourisme à quelques uns de ces braves moines...

Ros et Tsumpa venaient d'arriver parmi eux. Ils s'assirent en silence et Tsumpa fit signe à David de continuer.

— Au point où nous en sommes, il me semble indispensable de faire un rapide tour d'horizon. Donc, résumons-nous, reprit David : nous avons d'un côté, une Chose d'origine inconnue, trouvée dans les glaces du pôle par moins deux mille mètres, correspondant à l'époque approximative où est décédé ce superbe spécimen de l'espèce humaine que nous a fait connaître notre hôte. Tous deux sont visiblement le produit d'une culture intellectuelle très évoluée ayant existé sur Terre il y a à peine plus de vingt mille ans. Or, nous avons, dans les mêmes lieux un autre spécimen beaucoup plus jeune, lui, un bambin de seulement treize mille ans, parfaitement inculte et primaire, se servant d'outils de pierre taillée.

Contre toute logique, c'est le plus ancien et le plus vieux qui est admirablement conservé, et c'est le plus récent et le plus jeune dont les restes sont les plus difficiles à identifier. Dans le premier cas, il y a une science incomparable de l'embaumement, de l'art, de l'astronomie, de la technique. Dans l'autre, il n'y a que la cueillette et la chasse avec des outils primitifs. À l'évidence, et sans même tenir compte de leur énorme différence physique, ces deux individus appartenaient à des races différentes ayant un énorme décalage de niveau culturel. Si toutefois ces deux races différentes de l'espèce humaine ont existé dans le même temps, elles vivaient obligatoirement dans des sociétés séparées par un abîme infranchissable, Il est possible également que ces sociétés n'aient pas existé simultanément. Ou bien encore, on ne peut pas en écarter l'hypothèse surtout à cause de son très haut degré de technologie, le géant du sarcophage vient d'ailleurs...

La traduction des signes et symboles relevés sur la Chose nous apprendra certainement beaucoup, mais il faut, j'en suis sûr, trouver le moyen de faire parler tous les autres documents conservés ici.

En tous cas, nous ne pouvons pas rentrer en Atlantanie comme ça, sans aller jusqu'au bout de notre capacité à comprendre. Je ne supporterais pas de ne pas savoir. Ce que nous avons découvert, tant en Antarctique qu'ici, me paraît trop important pour vivre demain comme nous vivions l'an passé, à pratiquer des manipulations de laboratoire ou à extraire des carottes en attendant la retraite pour aller planter ses choux sans tenir compte de ce que nous savons aujourd'hui. Je ne pourrais plus. Je suis sûr que vous pensez tous comme moi !

Était-ce le ton employé pour tenir ce discours ? Était-ce à cause de l'euphorie qui gagnait l'équipe avec la suite de découvertes plus inimaginables les unes que les autres ? Ou bien cela fut-il tout simplement parce que David avait résumé de manière lucide ce que chacun commençait inconsciemment à ressentir ? Il arriva pour la première fois au sein de cette équipe, une chose étonnante : sans se concerter, Myriam, Julius et Ros se levèrent et commencèrent d'applaudir. John et Germain, interloqués une fraction de seconde, firent de même, et Félix se joignit à l'ovation muette. Le vieux lama resta assis et souriait comme à son habitude.

David reçut cette approbation spontanée comme un choc. Il ne s'attendait pas à une manifestation de ce type. C'était fort, c'était plein d'émotion, c'était une vibration qui le portait au statut de guide. Il s'en rendit compte dans l'instant et cela lui fit peur. Il ne voulait pas cela. Il ne désirait pas s'élever au-dessus de ses camarades, ni s'ériger en chef. Oh, certes, le conseil dirigeant de l'O.R.HUM. l'avait nommé responsable de cette mission, mais on était maintenant bien loin de ladite mission. Il ne s'agissait plus de ces restes néolithiques dans le glacier. Et tout le monde l'avait bien compris comme ça...

Tsumpa sentit l'hésitation de son ami.

— Sois sans crainte, David, tu es de taille à prendre la tête de tes amis. Ils sont tes amis, et tu le sais, depuis longtemps...

*

Retour aux sources...

Le léviteur taillait maintenant sa route au-dessus des grandes plaines du Turan, après avoir franchi le col du Karakoram et les hautes montagnes du Pamir. Il allait passer juste au-dessus de ce qui avait été la mer d'Aral jusqu'à la fin du siècle dernier mais qui n'était plus aujourd'hui qu'une grande steppe désolée. Là aussi, la pollution avait fait son œuvre. Des villages fantômes marquaient çà et là l'emplacement d'anciens établissements de pêcheurs, aujourd'hui partis vers les villes. On pouvait voir de temps en temps en plein milieu du sable, deux ou trois cargos rouillés, éventrés, découpés, et oubliés là par quelque récupérateur de ferraille dégoûté.

Faisaient partie du voyage trois à quatre moines, dont Lobsang qui s'émerveillait de voir défiler sous lui la campagne, Myriam et Julius, Ros, et bien sûr le pilote, John. On avait décidé finalement de se rendre à Moscou plutôt qu'à Dehli. Certes, ça faisait trois mille kilomètres au lieu de huit cents, mais Moscou offrait un choix plus large de fournisseurs de matériels scientifiques, et on pensait profiter de ce voyage pour permettre à Myriam de retrouver la banque dans laquelle son grand-oncle avait déposé ses documents. Ros, en tant que bricoleur de génie était indispensable aux achats à effectuer et Julius, parce qu'il savait précisément ce dont il avait besoin pour jouer au disk-jockey et faire chanter la discothèque de la caverne.

Le voyage dura toute la matinée. Après avoir franchi l'Oural, John trouva plus simple de suivre le cours de la Volga pour le conduire jusqu'à Moscou. Il était l'heure de déjeuner lorsque la ville se profila au loin sur la plaine.

— Si on s'arrêtait pour manger au bord de l'eau ? suggéra Myriam avant d'entrer en ville.

— Pourquoi pas ? fit John. Arrêt buffet, tout le monde descend.

Le léviteur avait beau être confortable, cinq heures assis, c'est beaucoup. Ça faisait du bien de se dégourdir un peu les jambes. Aussi, malgré la fraîcheur du temps en cette saison à Moscou, chacun fut heureux de sortir prendre l'air au bord du fleuve.

John était resté à bord, à regarder la télémédie, et Myriam faisait chauffer les rations de voyage pour réchauffer les promeneurs lorsqu'ils virent revenir, affolé vers l'appareil, un des moines qui les accompagnaient. C'était un jeune lama qui n'avait sans doute pas encore beaucoup de maîtrise de soi car il gesticulait dans tous les sens pour se faire comprendre. Montrant le bord du fleuve, il disait :

— Los, los, Lobsang, Lobsang !...

— Qu'est-ce qu'il peut bien dire ? demanda Myriam.

— Je n'en sais fichtre rien. Je ne parle pas cette langue, dit John. Il parle de Lobsang, je crois...

— Mon dieu ! s'écria Myriam, il nous indique que quelque chose est arrivé à Ros et à Lobsang sur le fleuve !...

Ils s'élancèrent vers le bord mais leur inquiétude fut de courte durée. Ils virent revenir vers eux le petit groupe des autres moines, entourant le vieux Lobsang et Ros, tous deux dégoulinant d'eau, toussant et crachotant. On les poussa vite dans le léviteur et on leur ôta leurs vêtements trempés. Pendant qu'ils se séchaient, au chaud, Julius demanda :

— Que s'est-il donc passé ?

— C'est ma faute, dit Ros. Je ne sais pas ce qui m'est arrivé.

Je marchais au bord de l'eau et soudain j'ai été pris de vertige. J'ai vu défiler comme dans un rêve des armées de hussards à cheval, de dragons. de cosaques. J'ai vu de la fumée, entendu des coups de canon. Là-bas, Moscou brûlait, et puis j'ai glissé et je suis tombé à l'eau. Je me serais bien noyé si Lobsang n'avait pas été là. Le brave vieil homme m'a agrippé par un pied et m'a tenu au bord jusqu'à ce que les autres arrivent et me sortent de l'eau. Brrr, j'en ai encore froid dans le dos.

— Sèche-toi, dit Myriam.

— Non, je me suis déjà séché le dos. Je veux simplement dire que j'avais eu peur, rien qu'à repenser à ces bruits de bataille, ces morts qui gisaient et tous ces blessés criant... Tiens, c'est curieux maintenant que j'y pense, dans cette vision je n'avais pas peur de tomber à l'eau, elle était prise par la glace.

— Il neigeait, neigeait, neigeait, récita Julius. Nous étions vaincus par la tempête, pour la première fois, l'Aigle baissait la tête... Tu nous fais du Victor Hugo, mon ami ! C'est la retraite de Russie que tu décris là...

— Mon dieu ! fit Ros. Se pourrait-il ... Il regarda Lobsang.

— Oui, fit Lobsang, quelquefois, l'Histoire joue de ces tours...

*

La visite à Moscou avait été, somme toute assez rapide. Ils n'étaient pas venus faire du tourisme. Pendant que les autres allaient chercher le matériel, Myriam avait pris la liste des établissements bancaires et avait commencé par les situer sur le plan. La plupart des anciennes institutions étaient localisées dans le même quartier, autour de la Place rouge ou dans la rue Poutchkine. Elle avait donc fait le tour assez rapidement et avait trouvé l'une des rares Maisons qui existaient là dans les années 60, à l'époque soviétique.

Elle était entrée et s'était adressée au guichet. Elle ne parlait pas russe, ni chinois. Sortant la petite clef de son nid douillet habituel, elle l'exhiba au préposé qui, sans un mot, lui fit signe de la suivre. Elle descendit au sous-sol derrière l'homme en costume de tweed un peu élimé qui lui ouvrit la salle des coffres. Toujours sans un mot, il sortit lui-même une clef de sa poche, la planta dans une serrure, et se retourna. Sur la porte du compartiment particulier s'offrait une deuxième serrure où Myriam enfila sa propre clef sans difficulté, mais il y avait aussi une molette crantée affichant les trente deux lettres de l'alphabet cyrillique. Il fallait former le code pour ouvrir la porte. Et il fallait faire vite. Le préposé aurait trouvé bizarre d'attendre des heures ou de voir quelqu'un essayer trente six mille combinaisons. Myriam se concentra en pensant très fort à son grand-oncle. En quelques secondes, elle fit défiler ses souvenirs d'enfance, tous les siens, peu nombreux, et aussi tous ceux que sa mère avait pu lui transmettre en lui parlant de son oncle. Elle repensa à la manière dont lui était parvenue cette clef et au petit mot qui l'accompagnait. Et elle sut, immédiatement, quel mot avait choisi son tonton pour mot de code. Elle sourit en elle-même.

— Ce cher grand-oncle ! pensa-t-elle.

Et sans hésiter davantage, elle composa les lettres : M-Y-R-I-A-M. Elle tourna la clef dans la serrure, le coffre s'ouvrit...

Myriam avait apporté avec elle un grand sac de voyage. Elle y enfourna le contenu du coffre qui se résumait en fait à assez peu de choses : deux gros cahiers à couvertures cartonnées, quelques bijoux sans grande valeur apparente, et une enveloppe assez lourde avec un objet dur à l'intérieur.

Elle était un peu déçue. Elle avait cru naïvement que tous les documents trouvés par son oncle étaient entreposés là, mais c'est évident, leur volume aurait nécessité bien plus qu'un coffre, une salle des coffres complète ! Pensive, elle referma la porte et retira sa clef, puis tapa sur l'épaule de l'homme au costume de tweed qui se retourna, retira sa propre clef et sortit de la pièce. En remontant avec lui, elle demanda en français :

— Y-a-t-il des frais à régler pour la garde ?

— Je vais me renseigner... répondit l'homme dans la même langue.

Il disparut dans un bureau derrière une cloison mobile et revint quelques minutes après avec un grand classeur ancien à la main qu'il posa sur le comptoir.

— Faites-moi voir votre clef, demanda-t-il.

— Voici.

— Voyons, le numéro XX2435... Ah ! voilà, non il n'y a rien à payer Mademoiselle, tout a été réglé d'avance jusqu'en 2060. Voilà, avez-vous besoin d'autre chose ?... Alors, bonne journée, Mademoiselle.

Elle sortit, encore plus perplexe, et marcha quelques minutes dans la rue grouillante à l'heure du déjeuner. Toutes les cuisines du monde étaient là, dans les restaurants qui se côtoyaient l'un l'autre.

— Quel changement, pensa-t-elle, depuis l'époque où mon oncle a apporté ceci !

Quel changement, en effet, depuis l'âge de la guerre froide entre les différents blocs politiques du siècle dernier. En ce temps-là, on ne disait pas la Russie, on disait l'Empire Soviétique. Et ça n'était pas facile d'y entrer sauf pour des gens connus dans leur spécialité. C'est pour cette raison d'ailleurs que son oncle avait choisi d'y mettre ses secrets. Ce n'est pas qu'il ait eu des opinions communistes, non, peut-être progressistes, mais il avait toujours fait passer l'évolution individuelle avant celle de la collectivité. Il disait que si la solidarité entre les hommes est nécessaire, la véritable égalité est indispensable. Et si elle est indispensable, alors, ça n'est pas la peine d'essayer de la dispenser de force aux autres !

Sacré grand-oncle ! Il avait payé d'avance pour un siècle, en faisant confiance à une institution basée sur l'argent dans un pays communiste ! Et il avait eu raison. Certaines valeurs sont universelles...

Myriam retrouva le léviteur près du jardin public. Les autres avaient fait leurs emplettes et ils pouvaient repartir. Mais il restait encore près d'une heure avant que la nuit tombe, et ils se dirent qu'ils pourraient profiter un peu de la splendeur de la ville. Il faisait froid mais le soleil couchant enflammait les coupoles mordorées du Kremlin et des innombrables églises moscovites. Restaurées admirablement grâce au Fond Monétaire International, par les maîtres artisans venus du monde entier, ces magnifiques lieux de prière orthodoxes avaient été sauvés de justesse à l'initiative inattendue du dernier pape catholique. Peu après l'éclatement de l'Empire, ce saint homme avait été le premier à comprendre la nature de ce qu'il fallait faire pour sortir ce pays du triste état où l'empire l'avait laissé. Dans un esprit d'œcuménisme courageux, il avait lancé la croisade pour rebâtir les sanctuaires, sachant parfaitement bien que l'art est un moyen de tirer l'homme vers le spirituel. Et de fait, la chose avait réussi. L'âme slave, désemparée par les tempêtes politiques précédentes, et qui était tombée dans la fange du banditisme et de la sauvagerie sociale, se retrouva dans le miroir de ces coupoles dorées lancées vers le ciel. La vieille foi enfouie au fond des cœurs resurgit du passé. En deux générations, la vie était redevenue calme et heureuse au rythme du courant de la Volga, et Moscou avait retrouvé sa splendeur d'antan. Beaucoup d'autres vieilles cités de l'ex-empire avaient bénéficié de ce programme de redressement spirituel, et cela avait contribué très fortement au redressement économique et social, de Saint-Pétersbourg à Vladivostok. Le tourisme était devenu l'une des toutes premières activités de cette vieille terre chrétienne. Dans le même temps, le réchauffement de la planète avait libéré des étendues immenses de toundra sibérienne qui commençaient à produire le blé que la France ne voyait plus lever. Le vieux rêve de l'Europe n'avait pas pu se réaliser autrement qu'en déplaçant son centre vers l'est. C'était ainsi que peu à peu, l'Alliance était née. Son union ultérieure avec la Chine en avait fait la Terre Orientale. Oui, décidément, que de changements depuis le grand-oncle...

La troupe rejoignit le léviteur après avoir admiré un moment les sublimes architectures et chiné dans les boutiques d'antiquaires. Julius était tombé devant une vitrine sur un vieux lecteur de CD-ROMs ayant pas loin de cinquante ans. Dans son souvenir, c'était le même que celui de son grand-père, un Sony. « C'est le meilleur ! » disait le papy qui s'y connaissait. Il avait craqué.

— Le marchand me l'a garanti en état de marche, dit Julius.

— J'espère qu'il ne t'a pas pris pour un touriste ! lança Ros, malicieusement.

Tout le monde rit, chacun s'adossa dans son fauteuil et John démarra.

Myriam ouvrit son sac et se mit en devoir d'éplucher le legs de son oncle. Les bijoux d'abord, bon, ils ne lui semblèrent pas avoir une grande valeur. C'étaient assurément des copies de bijoux anciens, dans le même genre que la petite clef qui pendait sur sa poitrine, de style pseudo-égyptien. Rien à tirer de ça à première vue...

Les cahiers cartonnés semblaient être beaucoup plus intéressants. Elle ouvrit le premier et découvrit une écriture serrée, en belles anglaises légèrement penchées à droite, une écriture soignée et parfaitement régulière de quelqu'un de la vieille école. Chaque page portait une date. Il y en avait bien deux cents qui se suivaient de mois en mois, et d'année en année. C'était un journal. Les deux cahiers couvraient les quarante années de recherche de son grand-oncle.

Myriam sentit les larmes lui monter au yeux. Cet homme, qu'elle aimait surtout par ce qu'on lui en avait raconté puisqu'elle ne l'avait pour ainsi dire pas connu, cet homme lui avait légué à elle, sa filleule, le résultat du travail de toute une vie ! Elle feuilleta quelques pages du cahier, au hasard, et s'aperçut rapidement que toutes les notes concernaient ces fameux rouleaux de la mer morte. Des coupures de presse de l'époque faisaient, au début, mention de leur découverte, puis, plus le temps passait, moins on en parlait. Au bout de quelques mois, c'était comme si les rouleaux remis au musée avaient été perdus dans les méandres des couloirs des réserves nationales, ou qu'ils n'aient même jamais existé. Il était facile de comprendre que le grand-oncle n'avait pas accepté cet état de choses. Non qu'il ait tenu à la gloire éphémère d'en être l'inventeur, mais parce qu'il avait jugé, lui, que ces documents valaient beaucoup mieux que le sort qu'on leur faisait. Il avait donc entrepris, tout seul et en secret, la traduction de ces centaines de rouleaux. Et les pages suivantes détaillaient mois par mois, l'avancement de ses recherches, les éléments sur lesquels il s'était appuyé, les comparaisons avec d'autres écritures connues, les sources de ses documents comparatifs, etc... Quelques dessins ornaient de temps à autre une page intercalaire en papier Canson, où l'on pouvait voir représenté un homme en robe, un bâtiment sur une montagne, des ustensiles divers, des herbes et des plantes, tiens ! des bijoux ! ...

— On dirait bien les dessins de ces reproductions qui sont là, dans mon sac ! se dit Myriam.

Elle compara les copies et les dessins. C'étaient bien les mêmes. Qu'est-ce que ça voulait dire ? Pourquoi son grand-oncle lui avait-il fait faire des reproductions exactes de bijoux si anciens et pourquoi lui avoir légué cela à elle ? Elle n'est pas coquette à ce point. Et puis, elle n'était qu'un bébé quand cet homme a disparu. Pourquoi faire un tel cadeau à un bébé ? Ça ne rime à rien ! De surcroît, pourquoi les enfermer près de trente ans dans un coffre ? Il aurait pu les faire remettre par le type qui avait apporté la clef.

— Julius ? fit-elle.

— Oui ? ...

— Disposes-tu ici d'un binoculaire ou d'une forte loupe ?

— Je crois que oui, dans le casier d'outillage pour l'électronique. Pour quoi faire ?

— J'aimerais que tu jettes un coup d'œil à ceci, dit Myriam en lui tendant un assez lourd collier au large pendentif en forme de triangle pointe en bas avec un large trou rond en plein milieu, couvert d'énormes pierres multicolores.

— Quel curieux bijou, dit Julius. Tu as trouvé ça chez l'antiquaire ?

— Non, répondit Myriam, à la banque ! Julius émit un petit sifflement admiratif.

— À la banque ! dit-il, alors, ça doit valoir cher pour que ton oncle-parrain l'ait mis au coffre.

— Justement, je ne comprends pas bien, expliqua-t-elle. Ça me semble un simple bijou en plaqué or, une reproduction, et ces pierres sont bien trop grosses pour être de vraies gemmes. Ou alors, elles valent une fortune ! Donne-moi ton avis, s'il te plaît.

Julius sortit le binoculaire servant à effectuer les réparations de fortune sur les composants électroniques du bord en cas d'accident, et glissa le bijou sous l'objectif. Il regarda chaque pierre, puis pris un canif et gratta un peu du plaquage, faisant apparaître un métal plus blanc.

— Je ne suis pas très sûr pour le métal, annonça-t-il, mais il me semble que c'est un platinium ou un alliage voisin. Les pierres, par contre, sont toutes fausses. Je dirai plus exactement qu'elles sont de fausses-vraies, bien qu'elles soient remarquablement taillées. Taille russe à mon avis, les meilleurs spécialistes de la taille de gemmes sont ici... Mais, selon moi, et sous réserve d'un contrôle plus approfondi, je dirais qu'elles sont bien constituées des éléments chimiques qui composent les vraies gemmes naturelles et sont même plus pures que des vraies, sauf que celles-ci sont synthétiques et entièrement recréées en laboratoire. Elles sont donc vraies sur le plan chimique, mais fausses pour n'importe quel bijoutier, et par là-même, elles n'ont qu'une valeur très relative. Je suis désolé pour toi, Myriam, j'ai l'impression que ton parrain s'est fait avoir, ou qu'il s'est moqué de toi !

— Non, il n'était pas un homme vénal ni futile. Une authentique antiquité, même en cuivre vaut bien plus sur le plan archéologique. Il y a autre chose, mais quoi ? Quelle utilité de reconstruire un tel bijou quand il disposait déjà d'un croquis suffisamment descriptif ? Pourquoi aurait-il pris la peine de venir ici pour faire tailler aussi parfaitement des pierres synthétiques ? Et à quoi peut bien servir de faire reconstituer un bijou comme ça ? Regarde toi-même...

Et Myriam montra à Julius la page de dessins représentant la parure complète du collier avec le pectoral triangulaire, deux bracelets et un sorte de couronne avec un pendentif devant. Les quatre objets étaient là, dans son sac. Elle les sortit et les disposa les uns à coté des autres, comme sur le croquis. L'ensemble était assez joli, pour peu qu'on aime le style de l'Egypte antique.

— Oui, fit Julius, ça n'est pas si mal, même si nous savons que c'est du faux. Mets-les un peu sur toi, pour voir...

Tout le monde dans l'appareil s'était tourné vers eux depuis que Myriam avait montré la première pièce à Julius.

— Allez, sourit Myriam, ne vous moquez pas, je vais ressembler à la reine de Saba !...

Elle retroussa légèrement ses manches et referma les bracelets sur ses poignets. Un système de fermoir ingénieux permettait de régler à peu près à la grosseur des poignets la taille des bijoux. Elle passa ensuite le collier par-dessus sa tête et le laissa reposer sur sa poitrine, puis elle posa la couronne sur sa tête. Elle était un peu grande pour elle et elle dût y glisser un mouchoir derrière sa nuque pour que la couronne tienne correctement.

— Ce cher tonton ne connaissait pas mon futur tour de tête ! dit-elle, amusée. Il aurait dû la faire plus petite. Bon, c'est tout ? Ah, non ! Il y a peut-être encore quelque chose là-dedans, fit-elle en sortant l'enveloppe.

Elle déchira la lourde enveloppe et s'aperçut alors que l'enveloppe elle-même pesait déjà un certain poids car elle était intérieurement doublée d'une mince feuille de plomb. Après l'avoir découpée au canif, elle en renversa le contenu sur ses genoux. Un objet lourd tomba, aussitôt recouvert de feuilles de papier manuscrites où elle reconnut l'écriture serrée de tout à l'heure. Elle prit la lettre et y lut :

« Ma chérie,

Permets à ton parrain de t'appeler ainsi malgré l'âge que tu auras atteint lorsque tu tiendras cette lettre entre les mains. Tu devras bien avoir entre vingt et trente ans, je présume, et tu ne te souviendras peut-être plus de moi, mais tant pis, je ne cherche pas à être inoubliable.

Tu dois certainement te demander pourquoi je t'ai choisie, toi, à qui j'ai déjà donné ton prénom, pour te faire la légataire de mes recherches. La réponse est comprise dans ces recherches, justement. J'ai pris le pari (j'espère ne pas m'être trompé) que tu suivrais la tradition familiale et que tu ferais ta médecine. J'espère que c'est le cas, et que tu es un bon médecin, pas trop inhumain avec tes patients, pas non plus de ces acharnés qui vous maintiennent en vie malgré vous dans une batterie d'appareils de torture. Bref, je souhaite de tout cœur que tu me ressembles un peu sur le plan du caractère. J'ai fait ce pari sur toi parce que j'avais besoin d'un médecin, qui plus est, d'un médecin de famille, de MA famille, c'est-à-dire de la tienne aussi. Tu vas bien sûr, me demander pourquoi ai-je besoin de ce médecin dans Ma famille? -(C'est amusant de faire les réponses avec trente ans d'avance sur les questions !)— Parce que, Myriam, dans notre famille, nous avons toujours eu un médecin au moins par génération, et que ceci n'est certainement pas dû au seul hasard. Ou alors, c'est que Hasard est le centième nom de Dieu.

Encore un peu de patience, voilà l'histoire : J'ai déchiffré en quelques mois seulement la totalité des rouleaux que j'avais trouvés (par hasard ?) près de la Mer Morte, dans des cavernes murées il y a des siècles. J'ai pris conscience qu'il y avait dans ces documents des informations totalement inconnues et en complète contradiction avec l'enseignement classique de l'Histoire de la Palestine et de l'Orient en général. Ne désirant pas créer de trouble dans les esprits, et soucieux de conserver ma pleine liberté de penser, j'ai jugé bon de mettre un certain nombre de ces documents à l'abri des curieux et des imbéciles de tous poils. J'en ai donc sélectionné une petite partie, assez anodine pour être mise entre toutes les mains, que j'ai livré à la concupiscence de mes confrères du Muséum. J'ai conservé le reste dans un endroit complètement inaccessible sans mon autorisation personnelle. Cette autorisation, tu l'as sûrement aujourd'hui entre tes mains, puisque tu lis cette lettre et que tu as donc déjà percé mon mot de code (avoue que pour toi, c'était facile !).

J'ai ensuite effectué, sur le terrain et à mes frais, la vérification des informations en question, et j'ai trouvé ! J'ai trouvé beaucoup de choses que je n'aurais jamais imaginées possibles sans la certitude de l'authenticité des rouleaux. La langue des Esséniens, très particulière appelée par eux la langue douce, l'origine des Esséniens, elle aussi inattendue, les techniques médicales et psychiques des Esséniens, parfaitement révolutionnaires pour mon XXème siècle à moi, tout cela, je l'ai trouvé, vérifié, expérimenté. Mais le plus extraordinaire de tout, c'est le véritable rôle des Esséniens dans l'Histoire. Il m'est impossible d'en parler ni même de te l'écrire à toi. Et pourtant !...

Sache que cette secte de haute spiritualité, qui a eu une influence que tu n'imagines pas sur l'humanité, a toujours été extrêmement discrète, en tous temps et en tous lieux. Bien qu'on l'ait cru éteinte depuis deux mille ans, elle existe encore au moment où je t'écris cette lettre, et existera encore quand tu la liras. Simplement, elle a changé de nom, d'apparence, elle a investi la société civile dans nombre de pays, mais ses membres, passés au crible d'une moralité irréprochable, sont trop peu nombreux pour lutter partout où le mal progresse.

Sache aussi qu'il y a très longtemps, quelques-uns d'entre-eux qui vivaient en Palestine, sont partis à travers le monde vers la France, l'Espagne, la Grèce et l'Italie notamment, pour faire l'éducation des peuples des gentils. Quelques familles de ces pays descendent de ces missionnaires, même si dans de nombreux cas, les nécessités de l'Histoire leur ont fait oublier cette origine. Dans ces familles, quand elles en ont la capacité, la tradition veut qu'à chaque génération il y ait un médecin... Vois-tu, le Hasard est puissant ! »

Myriam était exténuée par l'effort intense qu'elle faisait sur elle-même pour poursuivre sa lecture. Elle se sentait défaillir, elle transpirait. Pourtant, elle se força encore un peu pour finir la seconde page.

« *Tu as trouvé avec cette lettre, d'autres objets. Ce sont à l'évidence des bijoux, mais pas n'importe quels bijoux. Ils sont la reconstitution parfaite d'une panoplie complète d'instruments cérémoniels utilisés notamment en médecine. Tout le monde ne peut pas s'en servir, ça peut présenter un danger si on maîtrise mal leur utilisation. J'ai moi-même fait l'expérimentation, mais je ne suis pas médecin. J'ignore totalement l'explication de leur efficacité, mais tu peux me croire, elle est réelle ! Si tu as le courage de lire mon journal, tu trouveras la manière de s'en servir ainsi que le mode de traduction de la langue utilisée dans les rouleaux. Je te souhaite, ma chérie, d'en faire bon usage.*

Adieu, je t'embrasse,

Ton grand-oncle et parrain qui t'aime.

P.S. J'aurai disparu depuis longtemps quand tu liras cette lettre. Peut-être serai-je mort. Ne me cherche pas, c'est mieux ainsi. Je rejoins le monde que j'ai découvert et où je me sens accompli. Ne cherche pas non plus les rouleaux, sauf si tu es prête à te retirer de ce monde-ci comme je le fais moi-même, car leur compréhension mène inéluctablement à d'autres conceptions de l'univers... »

Myriam replia la lettre et la rangea dans l'enveloppe plombée. C'est à ce moment que ses yeux tombèrent sur l'objet resté sur ses genoux. Elle identifia immédiatement un médaillon, tout à fait identique à un autre qu'elle avait vu sur la poitrine de l'homme du sarcophage !...

Son trouble augmenta en intensité. Machinalement, elle enfila la chaîne du médaillon par-dessus le collier qu'elle portait déjà au cou. Le médaillon tomba exactement dans le rond vide du pectoral, et s'y encastra parfaitement. Cette fois, c'en était trop pour Myriam ! Elle se sentit mal, tenta d'appeler faiblement, et s'évanouit sur son siège.

Au même instant, tous les instruments du tableau de bord se mirent à s'affoler et l'appareil piqua vers le sol...

*

Réunion de famille

Myriam se sentait légère, légère, elle ne sentait plus son corps et avait l'impression de voler. Elle se trouvait dans un jardin magnifique. Une nuée de papillons colorés voletait autour d'elle dans le vent léger de printemps. Un pommier offrait à portée de sa main des fruits parfaits et immaculés, mais à tous les stades de mûrissement en même temps. Beaucoup étaient déjà par terre.

— Des pommes, au printemps ? s'étonna Myriam.

— Oh ! Il y a ici tout ce que tu peux désirer, fit une voix derrière elle !

Myriam se retourna vivement, avec le sentiment de reconnaître le propriétaire de cette voix. Un homme était là, flottant sur la prairie à dix centimètres du sol, et la regardait avec beaucoup de tendresse. Son visage marquait la cinquantaine tout juste, et ses yeux pétillaient d'un mélange de joie pure et d'amusement ironique. Il était habillé d'un jean et d'une chemise de bûcheron canadien à grands carreaux, les pieds nus dans des sandales. Elle le reconnut immédiatement bien qu'elle eut conscience d'une anomalie : son parrain aurait dû être plus vieux.

Son parrain ? ! !...

Que faisait-il là ? Et pourquoi flottait-il ainsi au-dessus du

147

sol ? !... Et dans quel endroit se trouvait-elle ?

— Une question à la fois ! entendit-elle dans sa tête !... Dans sa tête ? ! !...

Son parrain lui souriait. Ç'aurait dû être plutôt rassurant, et pourtant, elle était paniquée !...

— Je dois être en train de rêver, pensa Myriam. Il faut que je me réveille, que je me réveille...

— Non ! fit la voix dans sa tête, tu ne dors pas, tu es dans les pommes ! D'ailleurs, tu vois, il y en a tout autour de toi ! plaisanta la voix....

— Parrain... Gary... c'est toi qui me parles ? risqua Myriam en pensée.

— Pardi ! Qui veux-tu que ce soit ? répondit la voix.

— Incroyable ! pensa Myriam, nous discuterions par télépathie !... Tu entends tout ce que je pense ?

— Seulement si tu ne fermes pas ton esprit, précisa encore la voix du parrain. Tous les humains pourraient en faire autant s'ils avaient l'esprit assez ouvert, mais sur Terre ils ont trop le souci de contingences matérielles pour se libérer.

— Attends ! Pas trop vite, s'il te plaît, parrain, tu as dit « sur Terre », ça veut dire qu'ici, nous n'y sommes pas ? Est-ce que je suis morte ? C'est ça, hein ?

— Non, non, fais-moi confiance, tu n'es ici qu'en visite, et j'en suis heureux, ma chérie. Excuse-moi de t'appeler ainsi, mais pour moi, tu es toujours l'adorable bébé que j'ai connu, bien que tu aies un peu grandi. Ça te va bien d'ailleurs, tu es très jolie.

— Merci ! Tu n'es encore pas mal non plus pour un type qui devrait approcher les quatre-vingt ans ! Comment fais-tu pour rester si jeune ? Y-a-t-il une fontaine de jouvence ici ? rétorqua Myriam sur le même ton plaisant.

— Je vois que tu te détends vite, continua la voix de Gary. On va pouvoir bavarder un peu... mais d'abord, viens m'embrasser au moins, ça fait tout de même plus de vingt ans que nous ne nous sommes pas vus !

— Myriam hésita une seconde, et décida d'aller au bout de cette étrange situation. Elle fit un pas vers son grand-oncle... enfin, elle eut l'idée de faire un pas vers lui, et elle n'eut pas à le faire !... Elle était déjà contre lui !!!

— Ah ! oui, fit-il, je ne t'ai pas prévenue. Ici, il suffit de penser les choses. Tu les penses, et elles arrivent... C'est comme ça ! C'est bien pratique, tu sais !...

— C'est peut-être pratique, mais c'est plutôt surprenant ! s'exclama Myriam en prenant conscience d'une pression autour de ses épaules et d'un contact sur sa joue. Un contact ! Une pression ? !... Mais comment est-ce possible ? Sommes-nous toujours des êtres matériels ?

— Oui, répondit la voix, mais faits d'une matière éthérique infiniment subtile, dans un autre registre vibratoire, très élevé, très loin des lourdeurs retenant les humains à leurs attachements terrestres...

Cette sensation était étrange. Myriam ressentait des choses diverses et multiples, des impressions mélangées de surprise et de déjà vu, d'éternel et d'éphémère, d'indécence et de plénitude...

— À quoi penses-tu ? demanda Gary.

— Tiens ! pensa Myriam, tu ne lis plus en moi ?

— Non. Ça n'est pas possible de le faire sans ton propre assentiment. J'ai bien senti que tu éprouvais quelque chose, mais tu ne l'avais pas exprimé formellement, alors... Ah ! mais maintenant par contre... Bon, Ne t'en fais pas, c'est normal de ressentir tout ça. Tu ne devrais pas te trouver ici normalement. C'est simplement accidentel, et tu en éprouves une certaine gêne, parce que tu n'as pas décidé consciemment de cette visite. C'est un peu comme si tu débarquais en pleine nuit chez tes voisins sans même téléphoner pour demander la permission. Tu vois ce que je veux dire ? La prochaine fois, appelle avant de débarquer ainsi ! Mais ce malaise va passer très vite, tu n'as qu'à penser à ton corps, qui t'attend en bas, et à tes amis. Bonne chance, Myriam ! À la prochaine !...

*

L'appareil tombait en chute libre ! John faisait ce qu'il pouvait pour remettre les tableaux de bord et les moteurs magnétiques en marche, mais il faut bien dire qu'il ne voyait aucune solution immédiate à cette panne générale. Il n'avait jamais vu ça. Tous les indicateurs en même temps ! Et surtout les deux moteurs ! Aucune issue ne lui venait à l'esprit. Dans quelques secondes, ils allaient tous s'écraser au sol !...

Myriam ouvrit un œil, et reprit conscience. Tout autour d'elle avait des couleurs bizarres, Elle était dans le léviteur, et celui-ci était en train de tomber comme une feuille morte. Morte ?!... Que lui était-il donc arrivé ? Elle s'était cru déjà morte ! En une fraction de seconde, elle réalisa qu'elle risquait bien de l'être pour de bon dans quelques instants !... Elle eut envie de se réveiller rapidement en se passant un peu d'eau fraîche. Elle se leva et appuya sur le poussoir du distributeur mural en se penchant à sa hauteur pour s'asperger le visage...

Tous les indicateurs se remirent en marche instantanément. Les moteurs magnétiques propulsèrent le léviteur dans les airs. John réagit immédiatement et redressa l'appareil. Il était temps ! Le sol n'était plus qu'à trente mètres sous eux. Il atterrit aussitôt et se posa en catastrophe mais avec douceur sur l'herbe haute de la steppe.

Chacun se regarda avec stupeur et anxiété. Ils l'avaient échappé belle ! trois secondes de plus et ... adieu !

Myriam étant la seule à se trouver debout quand les moteurs de l'appareil avaient soudainement repris leur propulsion, la secousse l'avait fait tomber. Les fesses sur le plancher de la cabine, ahurie, trempée de la tête au pieds, les colliers en bataille, elle fut la première à éclater de rire...

Ils avaient tous bien besoin de se remettre de cette grosse émotion. La joie d'être encore vivants, d'être là, ensemble à sortir tranquillement dans la nuit sur le sol caillouteux et froid, les faisait trembler de partout. Julius proposa de profiter de l'escale impromptue pour dîner. Manger calme les angoisses et détend les nerfs. Il se mit donc en devoir d'ouvrir quelques rations de voyage auto-chauffantes. Les moteurs tournaient toujours. John faisait les indispensables vérifications après l'aventure qu'ils venaient de vivre. Mais il ne trouvait rien. Tout lui apparaissait en ordre et en parfait état de fonctionnement. Cette panne soudaine était incompréhensible. Pourtant, les moteurs, ça le connaissait ! Depuis sa plus tendre enfance, il avait passé sa vie dans les plus incroyables montages électro-mécaniques, thermiques, électriques, magnétiques, tout ce qu'on voudra... Mais là, il rendait son tablier, il y perdait son latin ! Sa chasse le ramenait bredouille !... Et soudain, les moteurs s'éteignirent à nouveau !... puis se remirent en marche...

Les compagnons s'étaient un peu calmés et ils étaient rentrés dans l'appareil pour manger tranquillement. Chacun s'était assis à sa place et avait tourné son fauteuil pour former un cercle en quelque sorte familial.

Myriam, s'apprêtant à faire de même, saisit les cahiers et l'enveloppe qui étaient restés sur son siège lorsqu'elle s'était levée tout à l'heure, et allait tout remettre dans son sac quand elle se dit qu'elle n'avait pas besoin de garder toute cette quincaillerie sur elle pour manger. Elle retira donc la couronne, les bracelets, et elle était en train de retirer les colliers autour de son cou quand cette deuxième panne intervint.

Elle ne dura qu'un quart de seconde, et tout redevint à nouveau normal. Ils n'avaient pas eu le temps d'avoir peur une seconde fois, d'abord parce que ça n'avait pas duré, et surtout parce que l'appareil était posé au sol. Mais tout de même ! On ne pouvait pas se permettre de risquer une fois de plus un tel dysfonctionnement en plein vol. On n'aurait pas forcément autant de chance une prochaine fois ! Il fallait trouver l'origine de cette panne intermittente, si facétieuse...

De surprise, Myriam avait suspendu son geste quand la deuxième panne s'était produite. Elle était encore immobile, ses deux colliers à la main quand tout redevint normal. Elle regarda les bijoux, regarda Julius, regarda encore les bijoux, et comprit.

— Ne vous alarmez pas, dit-elle, il faut que je vérifie quelque chose...

Elle prit dans sa main droite le pectoral au trou central, et de la main gauche, le médaillon. Elle superposa l'un à l'autre et rentra le médaillon dans le trou. Aussitôt, les moteurs s'arrêtèrent. Les pierres du pectoral jetaient des feux plus vifs, comme si elles étaient éclairées de l'intérieur de la matière...

Elle ressortit le médaillon de son logement, et aussitôt, les moteurs repartirent !...

*

Beauté des voyages touristiques...

La rentrée vers le monastère se passa sans autre incident et le lendemain matin, tous étaient debout, en bonne forme sur la terrasse du deuxième étage. Seul John, qui avait piloté de bout en bout, se reposait encore du voyage.

— Bonjour à tous ! lança Tsumpa en les voyant réunis. La nuit a-t-elle été bonne ? J'ai entendu le léviteur rentrer cette nuit. Tout s'est bien passé, à ce que je vois...

— On peut dire comme ça... répondit Julius, mais ce serait résumer un peu vite ! En vérité, nous avons bien failli ne pas revenir...

— Qu'est-il donc arrivé ? demanda David. Le léviteur semble en parfait état, vous n'avez pas eu d'accident ?

— Non, nous n'avons pas eu d'accident, mais il s'en est fallu d'un cheveu.

Et Julius mit ses amis au courant de ce qui s'était passé, du bouillon pris par Ros, des détails de ce voyage inoubliable, et finit par exposer la constatation faite par Myriam :

— De l'influence de la bijouterie sur les plans de vol, plaisanta-t-il. Je crois que nous allons ouvrir une nouvelle ère à la carrière de joaillier. Ou de quincaillier d'ailleurs, car, pour tout dire, ces joyaux ne sont que de remarquables imitations ! Il va nous falloir réviser nos concepts, dit-il encore, je savais jusqu'à ce jour que les bijoux pouvaient susciter des vols, mais j'ignorais qu'ils pouvaient les stopper en pleine course !

Ne me demandez pas comment ça a pu se produire, mais ça s'est produit !

Je suis ingénieur en physique des solides. Je peux analyser des solides, tous les solides, donner leur composition, dire quelles sont leurs qualités, leurs propriétés, leur utilité propre, à propos de n'importe quel élément sur Terre, excepté celui de notre "Chose", et je sais parfaitement que ces bijoux n'ont rien d'extra-terrestre, ce dont je suis moins sûr pour notre mappemonde, et pourtant, je suis incapable d'expliquer le phénomène de cette nuit.

Le rapport entre ces bijoux et l'arrêt des moteurs est une certitude absolue, on peut en refaire la démonstration quand on veut et c'est très certainement un problème de flux ou d'interférence magnétique, mais je ne comprends pas comment ça se produit...

— C'est certainement quelque chose de cet ordre, confirma Myriam. Cela expliquerait pourquoi mon oncle a pris soin de séparer le médaillon du pectoral en le mettant dans une enveloppe plombée. Ah! oui, pendant qu'on parle du médaillon, il faut que je vous le fasse voir...

Myriam retourna à sa chambre et revint l'instant d'après avec l'enveloppe à la main.

— Le voici ! dit-elle en le mettant sous les yeux de Tsumpa.

— Ce n'est pas possible !... laissa échapper le vieux lama. Montrez-moi ça !...

Il prit le médaillon dans sa main.

— J'ai eu la même réaction, dit Myriam. J'en suis même tombée dans les pommes, tant l'émotion a été forte de le reconnaître. Ça m'a d'ailleurs valu une expérience passablement désagréable car pendant un moment, je me suis crue morte. Mais je vois que vous le reconnaissez aussi. C'est bien le même, n'est-ce pas ?

— Incontestablement. C'est bien le même. Que faites-vous avec ceci ? demanda Tsumpa. C'est votre grand-oncle qui vous a laissé ça ? Sur quoi portaient donc ses recherches ?

— Je vous l'ai déjà dit : sur des rouleaux trouvés dans des fouilles effectuées au Moyen-Orient. Je n'ai d'ailleurs pas les rouleaux que je croyais trouver au coffre, il semble qu'il les ait fait disparaître. Trop dangereux, à ce qu'il m'en dit. Mais j'ai tout de même le mode de traduction pour vous. Et avec, il y avait ceci. Ce n'est pas tout, attendez...

Myriam retourna chercher à sa chambre les autres joyaux qu'elle enfila rapidement et revint ainsi parée sur la terrasse.

— Voyez un peu ! fit-elle en se tournant sur elle-même comme dans un défilé de mode. Ça n'est pas mal, n'est-ce pas ?... dit-elle sur un air de coquette. Mais si je mets ce médaillon ici, vous allez voir... Allons jusqu'au léviteur.

Ils descendirent dans la cour et David mit les moteurs en marche. Myriam reprit le médaillon à Tsumpa, monta dans l'appareil et enfila sa tête dans la chaîne. Le médaillon trouva sa place et les moteurs stoppèrent.

— Sors d'ici, dit David.

Elle sortit et fit quelques pas. quand elle fut à environ trois mètres de l'appareil, les moteurs reprirent leur léger sifflement.

— Intéressant ! nota David. Rapproche-toi un peu pour voir...

Elle se rapprocha. Les moteurs se turent.

— Recommence ! dit David.

Elle s'éloigna à nouveau. Le sifflement reprit.

— C'est donc bien un champ magnétique, constata Julius. Mais d'où provient-il ?

— À l'évidence, il ne peut provenir que de Myriam elle-même, déclara David.

À ce moment, Myriam, qui se tenait un peu à l'écart du groupe, laissa échapper un rire étouffé. Ils se tournèrent vers elle, étonnés.

— Je ne vous connaissais pas comme ça ! dit-elle. Vous êtes

très drôles, vous savez ! Je vous vois avec toutes sortes de couleurs, et une espèce de flammèche au-dessus de la tête. Oh ! mais, Germain, je ne te permets pas ! Que penses-tu là ! J'ai toute ma raison, tu sais...

— Que voyez-vous donc, Myriam ? demanda Tsumpa, soudain intrigué.

— C'est très bizarre, vous êtes tous comme dans un nuage, ou dans du coton, et chacun de vous émet des couleurs de divers endroits du corps, des couleurs plus ou moins différentes pour l'un ou pour l'autre. Je vois surtout du blanc argenté ou doré autour de vos têtes, et du jaune aussi, et puis des bleus, des orangés, des verts tendres, enfin, plein de couleurs qui semblent sortir de vous. C'est assez joli, mais qu'est-ce que c'est ? Est-ce que c'est ça, l'aura ?

— Je crois que vous voyez effectivement nos auras, confirma Tsumpa. Décidément, ces joyaux sont étonnants !... Retirez-les, s'il vous plaît, Myriam. C'est impudique de regarder les gens comme ça !... fit le moine.

*

Ainsi donc, les joyaux légués par le grand-oncle de Myriam étaient des ustensiles qui avaient une capacité d'augmenter le champ magnétique de leur porteur et de permettre à celui-ci de voir ce qui est habituellement invisible aux humains ordinaires. Les perspectives d'utilisation de ces objets étaient immenses selon Tsumpa, sur le plan médical d'abord, et dans d'autres domaines touchant à l'être en général. Pour Félix et Julius, leurs applications dans des domaines scientifiques étaient tout aussi phénoménales.

Mais Myriam était bien perplexe. Son parrain lui avait laissé ces choses dans un but thérapeutique, c'était évident, en précisant bien que ça pouvait être dangereux, et ils en avaient fait l'expérience involontaire, si leur emploi était mal maîtrisé.

La première chose à faire, pour Myriam, était donc d'apprendre à s'en servir sans risque. Tsumpa et David étaient d'accord là-dessus, et d'ailleurs, malgré leur impatience, leurs camarades tenant pour une application scientifique aussi.

Ros et John étaient partagés entre la crainte et l'enthousiasme. Ros se souvenait de son aventure étrange dans la Volga et de son explication anticipée par Lobsang lors de leur descente dans la caverne, John, de son côté, restait bloqué sur le pourquoi et le comment de ces pannes inexplicables, car, si l'on avait compris ce qui les provoquait, on ne savait toujours pas en quoi ni comment un champ magnétique d'être humain pouvait interférer avec une machine.

Les amis de l'Antarctique, en peu de jours, avaient dû apprendre, découvrir, digérer et intégrer tellement de faits dépassant l'entendement des hommes ordinaires, que leur trouble était immense. Une atmosphère curieuse s'installait parmi eux. D'un côté, une excitation extraordinaire les poussait à aller de l'avant et d'un autre côté, ils avaient presque peur, ce faisant, de pousser une porte interdite, de ne plus pouvoir assumer les conséquences. D'une certaine manière, on eut dit qu'ils craignaient de comprendre jusqu'où cette quête allait les conduire...

Tous étaient nerveusement fatigués et la perspective de découvrir encore quelque impossibilité transgressée par un fait avéré quelconque, les faisait frémir d'avance.

Tsumpa sentit bien cela.

Il proposa, en sage qu'il était, de faire un break au moins pour la journée. Qu'ils profitent d'une journée de repos, en allant se promener au village, ou qu'ils se détendent en allant méditer au temple où ceux d'entre eux qui le souhaiteraient pourraient bénéficier des conseils avisés de ses lamas.

— J'en profiterai, dit-il, pour enseigner à Myriam ce que je sais à propos de l'aura qu'elle semble être maintenant capable de voir. Cela l'aidera énormément dans ses diagnostics futurs, et quelle que soit la suite de cette aventure, elle aura acquis des connaissances utiles pour l'exercice de sa profession.

La proposition fut accueillie avec gratitude. Chacun passa donc une journée calme; qui, à faire de la botanique, comme

Germain qui partit dans les champs rechercher quelques plantes rares; qui, à faire un peu d'escalade, comme John, histoire de rentrer le corps bien fatigué pour équilibrer la fatigue nerveuse.

Félix et Julius suivirent au temple un cours improvisé de yoga, suivi d'une bonne heure de méditation transcendantale, et en sortirent apaisés.

Ros avait demandé la permission de passer la journée avec son nouvel ami Lobsang, ce que lui avait accordé bien volontiers Tsumpa. Ils avaient donc conversé longuement et échangé des banalités souvent surprenantes sur leur modes de vie respectifs. Le vieux Lobsang, qui n'avait jamais quitté le monastère autrement qu'en voyage astral, ne connaissait rien du quotidien de la vie d'un occidental. Beaucoup de choses le faisaient rire aux larmes. Il ne voyait pas pourquoi les gens doivent s'enfermer deux à trois heures par jour dans des boîtes de métal sur rails pour se rendre à leur travail. Lui, son travail, il le faisait sur place, pourquoi habiter si loin de son travail ? Ça n'avait pas de sens ! Il n'y avait qu'à rapprocher la maison du travail ou le travail de l'habitation. Il ne comprenait pas non plus pourquoi les gens qui habitent dans les villes s'empressent de partir à la campagne chaque week-end, surtout si pour cela, ils doivent s'enfermer encore dans d'autres boîtes de métal !

— Ils sont fous, ces humains ! pensait-il, paraphrasant une vieille bande dessinée qui avait atterri, on ne sait comment, à la bibliothèque du monastère et qui l'avait bien fait rire.

De son côté, Ros fut étonné d'apprendre que Lobsang, n'ayant jamais quitté ce monastère sauf en de rares occasions, avait appris le chinois en rêve. Le vieil homme lui expliqua qu'il mettait la nuit un livre ou un papier, portant le texte qu'il voulait apprendre, sous sa robe roulée en traversin, et qu'il dormait dessus. Le matin, il connaissait le texte. C'est ainsi qu'il avait appris, non seulement le chinois de Canton dans laquelle langue ils conversaient, mais encore, le sanscrit, le Uïghur, le naga-maya, l'indi, le mongol et le japonais. Il était sûr qu'il parlait très bien le japonais parce que des japonais étaient venus en 1989 au monastère, et il avait fait l'interprète sans problème. L'indi lui servait fréquemment dans les rapports qu'il avait avec des marchands indiens qui venaient quelquefois au village proposer des marchandises, mais le mongol ne lui avait jamais servi. Quant au sanscrit, au uïghur, au naga-maya, personne au monde ne les parlait plus depuis longtemps. C'était juste pour traduire des textes anciens, très anciens...

— Ce bonhomme est un vrai phénomène ! pensait Ros. Mais que lui apporterait de plus notre civilisation moderne et nos boîtes de métal ? Il en sait plus que nous sur l'art de vivre !...

Tsumpa avait entraîné Myriam sur la terrasse et lui avait demandé à brûle-pourpoint :

— Chère Myriam, vous êtes une charmante demoiselle ! Voulez-vous monter au ciel avec moi ?

Un peu interloquée, Myriam resta sans réponse. Le malicieux vieillard précisa :

— Une marelle ! Ça vous tente ? Il y a une éternité que je ne m'y suis amusé, et toujours seul. Je crois que chez vous, ce jeu est plutôt celui des petites filles, n'est-ce pas ?

— Une marelle ? Oh, oui ! bien sûr, c'est un jeu de petite fille surtout... mais les petits garçons s'y amusent aussi, s'empressa-t-elle d'ajouter. Entendu, va pour une marelle !

— Ça n'est pas la peine de dire de pieux mensonges pour moi, vous savez ! enchaîna-t-il. Je sais bien que je suis un vieil original à vos yeux d'occidentaux, mais, que voulez-vous, ici les jouets sont rares, on les fabrique soi-même, et j'ai toujours aimé cela depuis que j'étais enfant. Il suffit d'un morceau de craie et d'un caillou, et vous partez pour le paradis... La simplicité des enfants. N'est-ce pas merveilleux ? Les jeux auxquels ils s'amusent le plus sont toujours les moins onéreux.... ceux de leur imaginaire. Il faut toujours que les adultes compliquent tout ! Il ne faudrait pas grandir !... À vous, commencez !

Myriam lança le palet.

Ils firent bien une dizaine de parties en une heure. Myriam en gagna six, mais le vieil homme sautait encore bien à cloche pied pour son grand âge. C'était même surprenant de le voir faire des demi-tours complets en bout de grille, tenant le pan de sa robe pour mieux faire le volte-face. Il semblait heureux comme un gosse d'avoir trouvé une camarade de jeux. Sans vergogne aucune, il se laissait aller à son plaisir innocent mais franchement inattendu pour un homme de religion. On ne pourrait imaginer l'évêque de San Francisco ou de Berlin dans une circonstance pareille. Lui, était absolument sans complexe. Sa joie était de parvenir le premier au ciel ? Eh bien ! Il faisait en sorte d'y parvenir. Et tant pis pour le qu'en-dira-t-on ! D'ailleurs, sur cette terrasse, c'était une affaire entre le ciel et lui...

— Savez-vous, Myriam, que ce jeu est extrêmement ancien ? dit le vieux moine quand ils eurent fini. Il a été christianisé en occident par votre culture judéo-chrétienne, mais il existait bien avant le Christ ! Il était déjà répandu en Amérique avant l'arrivée de Christophe Colomb, quant à nous, nous y avons toujours joué, pour autant que je sache, depuis que le monde est monde, comme on dit. Je me demande qui l'a inventé le premier ? Bon, maintenant que vous m'avez battu, si nous allions travailler un peu ? ajouta-t-il.

Le bureau du lama était toujours aussi spartiate et il offrit la chaise à Myriam, puis se ravisa. Il sonna et le novice de service entra en se pliant respectueusement plusieurs fois avant d'attendre le désir du maître. Tsumpa fit une grimace de politesse et lui dit quelque chose. Le novice sortit et revint quelques secondes plus tard, portant des coussins qu'il mit par terre au milieu de la pièce, et une sorte d'affiche roulée qu'il accrocha au mur. Puis il sortit.

— Asseyez-vous là, vous serez mieux ! fit Tsumpa en montrant les larges coussins à Myriam. Elle s'assit en tailleur. Tsumpa fit la même chose en face d'elle, sous l'affiche qu'il maintint déroulée en posant un objet devant le bas qui avait tendance à remonter.

— Vous voyez ici une représentation artistique de l'aura, annonça-t-il. Elle comporte les différentes couleurs habituelles à un être en bonne santé, mais aussi, un certain nombre de couleurs sombres, ternes, révélant un fonctionnement anormal de tel ou tel organe. Comme vous savez, un organe peut être malade pour une raison ou une autre, et nous ne

160

soignons pas l'organe, mais nous essayons de trouver la raison de la maladie, et de la traiter, ce qui guérit l'organe, généralement.

Or, les différentes couleurs émises par tel ou tel organe sont fonction des raisons initiales du dysfonctionnement...

Le discours du lama dura deux heures.

Il était passionnant pour un médecin. Particulièrement pour un médecin occidental atlantanien. C'était une toute autre manière d'aborder les rapports du corps et du mental, du psychique sur l'organique, de l'énergétique sur les fonctions vitales.

— Je suis sûr que vous êtes à même d'assimiler ces concepts, Myriam. Je sais que vous n'êtes pas un médecin ordinaire, disait le lama. Vous avez une mission ici-bas, c'est certain ! Je ne suis pas encore sûr de pouvoir vous dire laquelle, mais, vous en prendrez conscience bientôt, probablement avant moi...

Myriam se souvenait de cette vision étrange dans le léviteur, de son parrain presque jeune devant elle, de ces pommes au printemps, de ce contact sur sa joue... qu'elle ressentait encore. Elle n'en avait parlé à personne à son réveil, trop occupée par la chute de l'appareil.

Maintenant, ça lui revenait. Ces couleurs bizarres à son réveil, qu'elle avait mises sur le compte de l'évanouissement, c'était déjà les mêmes que celles-ci, les mêmes que celles vues ce matin quand elle regardait le groupe des autres dans la cour. Si l'on en croyait Tsumpa, ces couleurs étaient des énergies qui irriguent le corps, les teintes sombres et ternes étant les signes d'une perte d'énergie en des points précis. Son parrain lui a aussi parlé d'énergie, et toute cette histoire est liée à la lumière depuis le départ... Peut-être devrait-elle parler à Tsumpa de cette vision ?

Elle était fatiguée. Deux heures d'écoute attentive étaient le maximum qu'elle pouvait soutenir. Tsumpa s'en rendit compte.

— Allez-vous reposer, Myriam. Vous êtes fatiguée. Je ferai en sorte que vous ne soyez pas dérangée avant le dîner.

Myriam remercia le lama et se dirigea vers sa chambre. Elle tomba comme une masse sur son lit de camp et s'endormit.

*

— Myriam !... Myriam !... Tu m'écoutes ?... Myriam !... C'est moi, David !... Je ne croyais pas te trouver ici... D'ailleurs, je ne pensais pas y venir moi-même, mais quelqu'un m'a appelé et... c'est toi que je trouve !

— David ?... Qu'est-ce que tu fais dans ma chambre ?... et pourquoi est-ce que je te vois de dessus ? Qui est cette fille dans mon lit ?..

— C'est toi, Myriam, c'est ton corps ! Tu dors bien... Tu es encore plus belle endormie qu'éveillée !... On devrait écrire "la Belle au Monastère dormant"...

— Arrête, David, tu n'es pas drôle. Ça ne peux pas être moi, puisque moi, je suis ici... Mais... si ! C'est ma tête ! Je suis deux ?!!! Et moi, qu'est-ce que je fais ici, collée au plafond ?...David ! Au secours ! Aide-moi à descendre !...

— N'aies pas peur ! Il te suffit de penser à te remettre debout, et tu te remettras debout toute seule...

— Pourquoi me dis-tu la même chose que mon oncle ? Tu ne le connais pas ! et tu ne peux pas connaître mon rêve ! Je n'en ai parlé à personne.

— Tu n'as pas rêvé, Myriam. Tu as simplement voyagé très loin, ou très ailleurs. Je ne savais pas que tu voyageais toi aussi...

— Qu'est-ce que tu racontes ? Je ne suis pas partie en voyage, j'étais évanouie.

— Oui, tu étais évanouie, comme maintenant tu es endormie, là sous tes propres yeux. Et pourtant, tu parles avec moi, collée à ton plafond !...

— C'est bizarre tout ça, hein ? Je suis sûrement en train de rêver et tu es dans mon rêve...

— Non. Tu ne rêves pas, Myriam. Tu fais une expérience de décorporation, ce qu'ici les lamas nomment un voyage astral. N'aies pas peur, c'est sans risque. D'ailleurs, tu n'en es pas à ton premier essai... Simplement, aujourd'hui tu en prends conscience. Ton intellect est rebelle à cette idée dont la rationalité lui échappe, mais ça lui passera... Donne-moi la main, et allons faire un tour...

— Un tour ? Un tour où ça ?

— Où tu voudras, il suffit d'y penser, je te suivrai.

Dans l'instant, Myriam se retrouva à Venise, face au palais des Doges, dans une gondole de passage où paressait un couple de retraités en pèlerinage sans doute ! Le gondolier chantait comme tout gondolier une sempiternelle barcarolle. David était là avec elle. Et personne ne s'était aperçu de leur présence soudaine dans la barque.

— Qu'est-ce qu'on fabrique ici ? S'étonna Myriam.

— Tu as dû penser à Venise ! expliqua David en riant. C'est ainsi que ça se passe ! Il te faut apprendre à maîtriser tes pensées et à les diriger, sinon tu vas t'égarer dans une foule d'endroits infréquentables ! C'est bien ici que tu voulais venir ?

— Oui, c'est vrai ! J'y ai pensé parce que je rêve depuis longtemps de visiter cette ville antique. Dommage qu'on n'ait pas pu venir au siècle dernier. Maintenant, regarde-moi ça, pour visiter il faudrait un habit de scaphandrier.

— Ah ! Ça va te surprendre, mais ça n'est pas nécessaire... Si tu veux, nous pouvons aller nous promener tranquillement sur la place Saint Marc...

— Sous trois mètres cinquante d'eau ?

— Sans problème, répondit David. Nous n'avons pas nos corps, n'oublie pas. Et donc pas besoin de respirer. De plus, dans cet état, on peut traverser les éléments, les liquides comme les solides. Viens, plongeons !

Les eaux du Grand-Canal étaient relativement propres. C'était l'un des rares avantages de la montée des eaux que d'avoir contribué au nettoyage des infects égouts qu'étaient les canaux au siècle précédent. David et Myriam, se tenant par la main, mirent pied sur le trottoir englouti de la façade des Doges. Autour d'eux, la lumière du soleil perçant la surface des eaux éclairait les pierres sculptées des façades, des porches, etc, et quelques poissons qui passaient par là. Ils avancèrent jusqu'à la grande place noyée, où les pigeons étaient remplacés par des crustacés, et par les moules qui collaient aux vieilles pierres. La lumière pénétrant dans l'eau faisait un rideau. C'était comme une aurore boréale sous-marine, où les plis du rideau variaient selon les ondulations de la surface. C'était, il faut bien dire, assez beau, mais ça ne correspondait pas du tout au rêve classique d'une visite de Venise. Myriam était déçue...

— Remontons ! dit-elle à son compagnon. Cette visite me fiche le cafard. Allons voir ailleurs !...

— D'accord, où veux-tu aller ?

— Où tu voudras, cette fois, c'est toi qui décides, pensa Myriam.

— Alors... Je vais te faire visiter mon royaume ! dit David d'un air mystérieux.

Instantanément, ils se retrouvèrent devant le mur des lamentations, en plein cœur de la vieille Jérusalem.

— C'est ça ton royaume ! s'exclama Myriam. Je t'avoue que l'endroit me fait frémir, ajouta-t-elle, il me met mal à l'aise...

— C'est sans doute que ce lieu est imprégné de souffrances, ce mur est plein de secrètes douleurs depuis des générations de croyants, et dans l'état où nous sommes, nous captons ces émanations. Allons plutôt visiter la ville.

Ils se promenèrent parmi les ruelles bariolées, les échoppes de marchandises de toutes sortes, les cris, les interpellations des vendeurs aux passants, en arabe, en hébreux, en anglais, en français. La ville était très vivante dans la chaleur du soir, après que le soleil soit un peu descendu sur l'horizon. C'était l'heure où les gens vont aux cafés retrouver les amis et refaire le monde. Comme si on pouvait le refaire au bout d'un comptoir... Du moins pouvait-on le refaire entre voisins, pacifiquement, entre juifs, musulmans, chrétiens, coptes, orthodoxes, druzes, arméniens, tous réunis autour d'un café turc. Depuis la grande guerre du Golfe de la fin du siècle, voilà maintenant trente-cinq ans que la paix régnait enfin sur cette partie du monde. Après la transformation de l'ONU, ridiculisée par ses échecs répétés, en une véritable Assemblée Mondiale de l'Humanité, le premier geste des représentants avait été de déclarer Jérusalem, cité du patrimoine universel, Maintenant, il faisait bon s'y promener. C'était une ville fascinante. Les ruines historiques y avaient été restaurées, comme les églises de Russie, sur fonds mondiaux, et la vieille cité recevait en permanence du monde entier des milliers de touristes et de pèlerins de toutes religions. Et tout ça se passait dans la plus grande fraternité. La mosquée El Aksa, bâtie sur l'emplacement même du vieux temple de Salomon avait un statut spécial, adopté collégialement par les trois religions réunies en un illustre concile œcuménique par le dernier évêque de Rome. La sagesse de cet homme était parvenue à convaincre ses partenaires. Le lieu saint recevrait toutes les confessions, à la seule condition que les pèlerins respectent une seule obligation : se laver les pieds et les mains, et marcher pieds nus dans le sanctuaire. Depuis, il ne désemplissait pas ! On y priait dans toutes les langues, chacun à sa manière, sans que personne n'en prenne ombrage. On se serait cru revenus à l'époque templière et des chevaliers de Saint-Jean.

— Dieu que cette ville est belle ! pensa Myriam.

— Elle l'est ! Tu peux le dire... ajouta David.

— Tu as encore saisi ma pensée ! fit Myriam d'un air de reproche feint.

— Si ta pensée n'est pas belle, cache-la ! répondit son compagnon. Sinon, où est le problème ?.. Tiens, viens voir par ici...

Se repérant dans les vieilles ruelles, il l'entraîna vers une petite porte, en retrait d'une vieille tour de rempart, un des rares morceaux qui restaient de l'époque romaine. La porte était fermée, mais qu'importe, la tirant par la main, il s'enfonça dans le vieux bois durci et les ferrures comme s'il se fut agi d'un nuage de brouillard. Elle éprouva une sensation étrange, semblable à celle qu'elle avait eu dans l'eau claire de Venise, mais juste le temps de passer la porte, et se retrouva de l'autre côté. Un escalier usé, en pierre, montait en colimaçon vers les étages supérieurs.

— Nous aurions pu simplement penser à l'autre côté de la porte, dit David, mais comment visualiser quelque chose que l'on ne connaît pas ? Viens, montons !

— Tu ne sais pas où tu m'emmènes ?

— Oui et non, concéda David. Cet endroit est particulier. La première fois que je m'y suis retrouvé, j'y suis arrivé sans comprendre. C'était la première fois que je voyageais ainsi et je ne savais pas tout ce que je sais aujourd'hui. J'ai eu très peur. Je me suis retrouvé là-haut, sous la charpente, avec ce que tu vas voir... Nous y voilà, monte et regarde !

Et joignant le geste à la parole, David s'éleva dans les airs jusqu'à la hauteur d'une poutre maîtresse.

— Qu'est-ce que tu attends ? fit David impatient, viens, monte !

Myriam en conclut qu'elle pouvait le faire et pensa à monter. Elle monta. Sous ses yeux, sur la poutre, étaient gravés des signes.

— Sans doute des signes d'établissement de charpente, pensa-t-elle, mais je n'y connais rien dans le travail du bois.

À côté des signes deux mots étaient gravés : « YOSSEF ARMATHIS »

— Eh bien, fit-elle, c'est un nom gravé à côté de ces signes de charpentier. Je suppose que c'est la signature de l'entrepreneur ? Qu'est-ce que ça a d'extraordinaire ? C'est pour ça que tu m'as fait monter ?

— Oui, c'est pour ça, assura David. Je me demande toujours moi-même pourquoi j'ai atterri ici la première fois, alors, j'espérais un peu que tu éclairerais ma lanterne... En tous cas, maintenant que tu l'as vu, je ne serai plus tout seul à me le demander... et puis, ce voyage à deux n'est pas pour me déplaire...

— David chéri, dit Myriam avec une tendre ironie, tu sais bien que tu es mon préféré depuis longtemps, mais je ne te ferai pas d'autres faveurs spéciales. Nos amis en souffriraient et je ne le veux pas. Et si on rentrait maintenant ? Il doit commencer à se faire tard du côté de l'Himalaya.

*

Yossef et son cousin...

La cloche sonnait l'heure du dîner au monastère quand Myriam se réveilla. Elle se sentait extraordinairement bien reposée. Ce somme qu'elle venait de faire l'avait remise d'aplomb et elle aurait mangé un bœuf. Pourtant ici, elle ne mangerait qu'un œuf, pour les protéines. La cuisine monacale ayant mis de côté la rare viande pour une occasion plus grande, cet œuf serait accompagné de tsampa et de quelques légumes, et ce soir d'une grande galette de riz. Finalement, ça lui suffirait.

Les autres convives semblaient aussi avoir repris un peu de repos et retrouvé une certaine sérénité.

John était ravi de sa ballade en montagne et des escalades qu'il avait faites. Germain avait enrichi sa collection de simples, toutes sortes de plantes et d'herbes, inhabituelles pour lui, reposaient maintenant entre des pages de livres en attendant de rejoindre son herbier. Félix et Julius avaient appris à maîtriser leur souffle et leurs émotions et étaient contents de ce nouveau savoir, tandis que Ros ne cessait d'exprimer l'admiration croissante qu'il nourrissait à l'égard d'un vieux moine étonnant. David raconta qu'il s'était simplement enfermé dans sa chambre pour méditer comme son ami Tsumpa le lui avait appris il y a déjà quelques années, et qu'en fin de journée, il s'était assoupi, sans s'en rendre compte, et que finalement, il avait sans doute dormi.

— Et toi, Myriam ? As-tu bien fait tes coloriages ? demanda-t-il ironiquement.

— Je pense que oui, répondit Myriam, demande à mon maître, m'a-t-il attribué une bonne note ?

— Elle est très douée, confirma Tsumpa. Et encore plus à la marelle ! Elle a battu sans scrupule le pauvre vieillard que je suis...

— Oh ! fit Myriam, pas autant vieillard que vous le dites. Gagner n'a pas été sans mal et j'aimerais bien avoir encore votre forme physique quand j'aurai votre âge. La preuve, j'ai été forcée d'aller me reposer aussitôt après !... J'ai d'ailleurs fait un drôle de rêve...

— Racontez-nous ça, Myriam, dit Tsumpa.

— Eh bien, c'était bizarre.. je dormais, mais en même temps, je rêvais que je dormais. Je veux dire que je me voyais dormir moi-même, de l'extérieur. Ça fait une drôle d'impression. Et puis, je ne comprends pas ce qu'il faisait dans mon rêve, David était là aussi, dans ma chambre. Il m'a décollé du plafond et nous sommes partis nager à Venise. Je ne suis plus trop sûre de savoir pourquoi, mais je suis certaine que c'était Venise. Puis d'un coup, je me souviens d'avoir franchi une porte interdite près d'un grand mur où des gens pleuraient, et je me suis retrouvée sous les tuiles d'une maison, et il y avait une croix, une grosse croix de bois avec un nom écrit dessus. Et David et moi, nous regardions cette croix. Et après, je me suis réveillée. C'est stupide, n'est-ce pas ! Mes rêves sont en général complètement idiots !...

— Je ne trouve pas, dit Tsumpa. Enfin, celui-ci me semble assez clair. Vous étiez avec David, dites-vous ?

— Oui oui, d'ailleurs, la prochaine fois qu'il viendra dans ma chambre, je l'autorise à frapper avant d'entrer ! plaisanta Myriam.

— Et toi, David, où étais-tu ? demanda le rusé lama.

— Vous n'allez pas me croire, dit David. J'ai rêvé que je visitais Venise !... Et ensuite j'ai emmené Myriam à Jérusalem, voir les poutres d'une vieille tour, vestige des fortifications

170

romaines. Et un nom était inscrit sur une poutre maîtresse...

— Eh bien, mes enfants, fit le vieux sage, réjouissez-vous ! Vous avez tout simplement fait un petit voyage... Mais pourquoi Venise et Jérusalem ? Vous y avez des attaches ? des souvenirs, des désirs refoulés ?

— Stop ! s'écria Myriam. Vous sous-entendez que je serais sortie de mon corps pour aller en voyage de noces avec David à Venise ? Et ça vous paraît normal ?

— Ça ne me choque pas, en tous cas, assura Tsumpa. Vous auriez l'âge de vous marier l'un et l'autre, et vos désirs intimes ne regardent que vous. Mais, de mon point de vue, l'intérêt de ce voyage n'est pas là. Il est assez rare de se retrouver à plusieurs en astral, sauf si l'on a quelque chose à y faire. Or, même si votre subconscient en garde un souvenir légèrement différent, le fait que vous ayez vu les mêmes choses et voyagé ensemble est révélateur de plusieurs choses. Un, vous êtes, comment dire... branché sur la même longueur d'onde, en phase avec l'autre si vous préférez. Deux, vous avez une chose en commun que vous devez comprendre et qui est sans doute importante pour votre propre vie, ou votre avenir... Et trois, il y a un message dans votre histoire commune : un nom sur une poutre, ou sur une croix, à moins que ce soit sur la poutre d'une croix. Vous rappelez vous ce nom ?

— Yossef quelque chose, dit Myriam.

— Oui, confirma David. Yossef Thamaris, Ramathis, Marathis ?...

— Armathis, Yossef Armathis ! fit Myriam. Je me souviens, il y avait aussi des signes de charpentier ! Le nom devait être une signature, ou peut-être celui du client ?...

— Voyez ! dit Tsumpa en souriant, vous êtes un bon élève, la plupart des gens qui quittent leur corps involontairement sont incapables de rapporter un souvenir net de leur voyage. Vous avez de la chance d'avoir cette clarté d'esprit. Ça n'est pas donné à tout le monde.

— Alors, c'est vrai ! Nous avons vraiment quitté nos corps pour aller là-bas ? répéta Myriam. Nous sommes vraiment sortis de nous-même ?

— Vous venez d'en faire la preuve en racontant la même histoire de façon claire et précise, insista Tsumpa. Reste maintenant à trouver ce que signifie ce message, ou ce nom.

— Encore un mystère de plus à résoudre ! ironisa Julius.

— Si c'est vraiment ça, alors, j'en ai encore un autre à vous soumettre ! déclara Myriam. Je n'en ai pas encore parlé, à personne, mais je crois devoir le dire maintenant, c'est la deuxième fois que ce genre de chose m'arrive. Je n'y croyais pas la première fois, mais à la réflexion, c'était ça. Vous vous souvenez, dans le léviteur, quand je me suis évanouie ?

— On ne se souvient que de ça ! assura John.

— Oui, bien sûr ! Mais, je veux dire... je ne sais pas combien de temps je suis restée dans les pommes. Pas plus de quelques secondes sans doute, et heureusement pour nous tous, mais j'ai vécu pendant ce court instant une expérience curieuse : j'ai parlé à mon grand-oncle qui a disparu depuis au moins vingt ans. D'une façon aussi réelle que je vous parle ici et maintenant ! Pourtant, il est mort je pense.. bien qu'il n'ait pas été parfaitement clair à ce sujet. Ça voudrait dire que je suis devenue médium ? Que j'ai parlé avec un mort ?...

— Quoi d'extraordinaire à ça ? ma chère Myriam, intervint Tsumpa. Vous teniez à la main ses lettres et les objets qu'il avait possédé et manipulés.

Beaucoup de gens sont médium. C'est là une capacité naturelle dont chacun ici-bas dispose en principe. Mais la plupart du temps, on ne développe pas cette faculté. Il semblerait que la parure léguée par votre parrain ait eu l'effet remarquable sur vous d'accroître à un degré extrême vos aptitudes naturelles. Ceci se vérifie à l'incroyable étendue de votre propre champ magnétique, à votre capacité soudaine de voir l'aura, et maintenant à celle de gagner l'astral très facilement. Vous avez une chance incroyable d'obtenir ces facultés aussi facilement, vous savez ! Demandez plutôt à David à quelle discipline il a dû se plier et combien de temps il a dû faire ses exercices de méditation avant de quitter son corps pour la première fois !

— J'ai commencé, dit David, lors de mon premier séjour en

Himalaya. J'avais dix-huit ans à l'époque et il m'a fallu croire énormément en l'enseignement de Tsumpa pour m'arracher de moi-même près de trois ans plus tard. C'est vrai que tu es douée Myriam, étonnamment ! Et je suis de l'avis de Tsumpa. Le fait que nous nous soyons retrouvés en astral montre bien que nous avons quelque chose de précis à faire ensemble. Pourquoi nous deux ? Et pourquoi cette histoire de poutre ? Là, je suis incapable de répondre à ces questions...

— Il y a peut-être un rapport avec le fait que nous ayons les mêmes origines ? hésita Myriam.

— Les mêmes origines ?... Comment ça ?

— Oui. Tu es bien d'ascendance juive, n'est-ce pas ? Or, dans sa lettre, mon parrain me dit que les origines de ma famille se trouvent en Palestine à l'époque du Christ. Nous étions une famille essénienne. Une famille de médecins, déjà. Je ne sais pas comment il a pu remonter l'arbre généalogique aussi loin, mais ça me paraît plausible. Comme tu me le faisais remarquer l'autre jour, mon nom actuel ne remonte qu'à l'inquisition. Donc, il est fort probable que mes origines véritables soient bien celles-ci.

— J'en avais l'intuition ! dit David. Mais alors... admettons que tout ça soit exact. Dans ce cas, tu pourrais fort bien être une descendante de cet Armathis, et moi aussi, ce qui expliquerait que nous ayons été appelés à faire ce voyage ensemble... Bonjour cousine !

— Oui, ça se tient, observa Tsumpa, mais le lien pourrait aussi bien être n'importe quoi d'autre...

— Par exemple ?

— Je ne sais pas, il faudrait savoir qui était ce Yossef, ça nous donnerait peut-être une indication.

— Ça n'est pas difficile, lança Ros, il suffit de consulter les pages jaunes de l'annuaire de l'époque !...

— Vous ne croyez pas si bien dire ! assura Tsumpa sur un ton ironique. C'est ce que nous allons faire !... Myriam me semble en avoir toutes les possibilités, et si elle veut bien se prêter à l'expérience...

*

Les compagnons avaient quitté le réfectoire et étaient venus s'installer dans le bureau de Tsumpa. Ils avaient pris place en cercle, et cinq lamas étaient venus renforcer la chaîne humaine. Ils étaient donc douze à se tenir les mains autour de Myriam, restée au centre.

Tsumpa lui avait demandé de revêtir la parure qui semblait augmenter tellement ses facultés, et elle attendait, allongée et un peu inquiète, les directives du vieux sage.

— Ne vous troublez pas, Myriam. N'ayez aucune crainte, il ne peut rien vous arriver tant que nous sommes avec vous. Vous allez écouter ma voix, vous concentrer sur elle, et vous répondrez, si vous le voulez, aux questions que je vous poserai. Ceci est une forme voisine de la régression sous hypnose que pratiquent vos confrères analystes, mais légèrement différente en ce sens que vous n'allez pas revivre votre enfance, ni vos vies antérieures, mais vous allez être projetée dans le temps à l'époque choisie par vous pour trouver ce qui vous y rattache. En l'occurrence, ce qui vous rattache à ce monsieur Yossef Armathis. Encore une fois, n'ayez aucune crainte, rien ne peut advenir, nous veillons sur votre corps et nous vous guiderons pour revenir au moindre désir de votre part. Êtes-vous prête ? détendue ?

— Humm... Je suis prête, dit Myriam.

— Écoutez-moi, dit Tsumpa, écoutez ma voix qui vous guide... Vous devez vous sentir légère... très légère... ne plus sentir votre corps car vous allez le laisser là, sous notre garde, et partir très loin... très loin... dans le passé... vous vous sentez bien... vous pensez à cette poutre, Myriam, à cette poutre sur laquelle vous avez vu un nom... vous m'entendez, Myriam ?... Répondez-moi !

— Je vous entends bien... fit Myriam

— Vous êtes près de cette poutre, Myriam... vous la voyez bien... vous pouvez la toucher... vous la touchez. Est-ce que vous la touchez, Myriam ? Répondez-moi !

— Je la touche...

— Très bien, Myriam, maintenant vous allez vous concentrer sur cette poutre en gardant la main dessus... Vous allez encore remonter dans le temps... quelques années... jusqu'à ce que quelqu'un grave le nom dessus... vous voyez quelqu'un graver dessus, Myriam ?... Répondez-moi !

— J'y suis, dit Myriam. Je vois deux hommes... autour de la poutre, il y a deux hommes... l'un d'eux grave quelque chose dessus...

— Comment est cet homme, Myriam ? Décrivez-le moi s'il vous plaît !...

— Il est grand, très grand, il est blond et il a de grands cheveux qui lui tombent sur les épaules... Il a l'air gentil... très gentil... Non ! Il est beaucoup plus que gentil... il rayonne de bonté... Il a une aura immense et dorée, brillante comme le soleil... Oh ! Mon Dieu ! Il me regarde maintenant, et il me sourit... Il m'appelle par mon nom !... Il me fait signe d'approcher !...

— Ça n'est pas possible, Myriam ! Il ne peut pas vous voir, vous n'êtes pas présente devant lui physiquement. Ne craignez rien !... Continuez...

— Je suis sûre qu'il me voit, je vous dis qu'il me regarde !... Je ne crains rien... Il sourit toujours en me regardant... quelle bonté dans ce regard !... on dirait qu'il déverse un flot d'amour sur moi... Mon Dieu ! que cette sensation est douce... je me sens ivre !...

Tsumpa et les cinq autres lamas échangèrent rapidement un regard inquiet. Quelque chose ne tournait pas rond, qui visiblement semblait les dépasser.

— Voulez-vous revenir, Myriam ?... Si vous ne vous sentez pas bien... s'inquiéta Tsumpa.

— Non non ! Au contraire... je me sens très bien... je ne me suis jamais aussi bien sentie de ma vie... Attendez !... Il me parle !... Il me parle par télépathie... Il me montre d'un doigt l'inscription qu'il vient de faire sur la poutre, et de l'autre main il me désigne l'autre homme... et en même temps, il me parle... Yossef Armathis... C'est l'autre homme !.. C'est son cousin, il est médecin... et lui-même est le charpentier... il me sourit encore et me fait signe de partir... dommage !...

— Myriam !... Myriam... vous êtes peut-être fatiguée ?... voulez-vous rentrer maintenant, demanda Tsumpa, ou pouvez-vous vous intéresser à l'autre homme un moment ?

— Ça va, dit Myriam, je me sens dans une forme exceptionnelle. Je peux rester un peu...

— Alors, suivez ce monsieur Yossef, et essayez d'identifier le lien par rapport à vous.

— Je le suis... Il rentre dans la cité... il entre maintenant dans une petite maison en construction appuyée sur le rempart de la ville... à l'intérieur des murs d'enceinte... Il a l'air de vivre là !... il y a plein de pots rangés sur des étagères... des onguents, des crèmes... des aromates... il est sûrement apothicaire aussi...

— C'est bien, Myriam, dit le vieux lama. Vous devriez revenir maintenant...

— Attendez ! Il y a quelqu'un d'autre ici !... des enfants... une fillette et un garçon... son fils... j'ai l'impression de le connaître... David ? !!... C'est David !!!

Une bombe n'aurait pas fait plus d'impression si elle avait explosé au nez des assistants. Même les lamas qui avaient l'habitude des exercices étranges de ce style comprenaient qu'il s'était passé quelque chose d'exceptionnel...

La voix de Tsumpa reprit :

— Vous allez revenir, maintenant, Myriam. Vous le devez, vous devez revenir ! Vous revenez à nous, en 2053, parmi nous au monastère, où vous attends votre corps... Vous arrivez, vous êtes avec nous... vous reprenez possession de votre corps... Vous vous réveillez... à trois vous ouvrirez les yeux... attention... un... deux... trois...

Myriam rouvrit les yeux... Ils contenaient des étoiles ...

*

À dresser les cheveux sur la tête

Ce matin-là, le ciel était invisible, les nuages étaient si bas qu'on les coupait en avançant à pied. La terrasse ne fut pas le lieu de discussion habituel et l'on se retrouva au réfectoire devant un grand bol de thé au beurre et des galettes.

— J'ai une bonne nouvelle, dit Tsumpa. Les lumières ont terminé le décryptage de votre livre d'art. Ils sont en train de mettre au propre le résultat. Je pense que nous l'aurons dans l'après midi.

Avec toutes ces émotions, les compagnons en avaient presque oublié la Chose ! C'était pourtant pour ça qu'ils étaient venus, au départ. Ça faisait seulement cinq jours qu'ils étaient ici, et ils avaient à la fois l'impression d'y avoir toujours vécu et malgré tout, de tomber de la lune. Les choses ici étaient tellement déconcertantes pour des esprits occidentaux. Ils y avaient fait en si peu de temps des expériences si délirantes, et si excitantes, que le temps avait passé sans qu'on s'en rendit compte.

Il faudrait bien se préoccuper de faire le rapport à l'O.R.HUM sur ce petit bonhomme du glacier. Ils avaient tout de même été officiellement envoyés pour ça ! Mais ils étaient ailleurs.

La séance de la veille avait marqué les esprits. Myriam était revenue complètement transfigurée de sa rencontre. Nul

177

n'avait le moindre doute sur la personnalité de l'homme qu'elle avait rencontré !

Juste un simple charpentier, certes, mais... Quel Charpentier !...

Il n'avait pas été trop difficile d'en conclure que le nommé Yossef Armathis n'était autre que le propre cousin de l'illustre personnage, c'est-à-dire celui que les écritures nomment Joseph d'Arimathie. Celui-là même qui prêta son sépulcre à Jésus et qui prépara les aromates nécessaires à sa mise au tombeau ! Il était médecin, essénien, et cousin germain de Jésus. De là à en conclure que Jésus lui-même était un essénien, il n'y avait qu'un pas, un sacré pas, mais qui était d'une logique incontournable ! Et d'ailleurs, Jésus lui aussi pratiquait la médecine...

Tsumpa considérait comme une réalité absolue la capacité de Myriam à reconnaître une entité dans une précédente incarnation, et en conséquence, on pouvait prendre pour certain le fait que David ait vécu de manière très intime les événements bibliques de l'époque. Quant à Myriam, on ne voyait pas d'autre lien que sa probable descendance de la lignée de Joseph d'Arimathie. Ce qui en faisait une lointaine petite fille ou petite nièce de David !

— Tout ça, renâclait tout de même Félix, c'est bien beau, mais ce pourrait tout autant être de l'imagination délirante, de la pure spéculation ! Nous n'en avons aucune preuve formelle ! Et puis toutes ces histoires nous éloignent de notre réalité d'aujourd'hui ! Nous avons d'autres chats à fouetter, si j'ose me permettre d'interrompre vos délires ! La Chose, au moins, elle est là ! On la voit, on la touche, et on ne sait toujours pas de quoi elle est faite, ni ce qu'elle signifie !... Il serait temps, je crois, de prendre connaissance de cette signification. Après ça, eh bien, on verra ce qu'il faut faire avec, et puis on retournera au monde civilisé, et basta ! Je commence à en avoir assez de trouver toujours des trucs qui nous dépassent ! Ça me fait peur, tout ça, je vous le dis franchement !...

— Tout doux, Félix, tout doux ! fit Germain. Que tu le veuilles ou non, tu es embarqué dans la même galère, et pour l'instant, il nous faut ramer de concert. Nous allons voir cet après-midi le résultat de la traduction... du calme. Nous aviserons en temps utile. Pour le moment, tu n'as aucune raison rationnelle d'avoir peur. Car, de deux choses l'une, ou bien tu y crois et c'est là que tu pourrais avoir raison d'avoir peur, peur de la façon dont le reste de l'humanité risque de prendre ces vérités, ou bien tu n'y croiras que lorsque tu auras une preuve formelle, comme tu dis. Dans ce cas, tu n'as pour le moment pas besoin de t'en faire !... Tout de même, je te fais remarquer que les colifichets de Myriam existent bien et qu'ils ont mis le léviteur en panne par quatre fois ! Si tu n'appelles pas cela une preuve...

— C'est une preuve qu'ils créent des interférences magnétiques, voilà tout...

— D'accord ! Moi, je suis biologiste, je ne comprends rien aux moteurs, mais toi qui es ingénieur, si tu refuses l'hypothèse du magnétisme animal de Myriam, explique-moi donc ces pannes !... Et d'où peuvent provenir ces interférences magnétiques !...

— Je ne sais pas... dût avouer Félix, et c'est bien ça qui me met mal à l'aise ! Mais toi qui es biologiste, explique moi donc à ton tour l'âge incroyable de ce type qui dort allongé là-dessous !

— Je dois confesser humblement que je ne le sais pas non plus, murmura Germain, mais je suis prêt à tout pour le savoir !

— Allons, allons ! Mes amis calmez-vous, intervint Tsumpa. Cette irritation ne vaut rien. Essayons plutôt d'aller au bout des choses entreprises. Comme dit Germain, il faut être prêt à tout, mais trop de mystères sont là, à portée de notre main, pour que nous nous arrêtions maintenant. Je suis de plus en plus convaincu que votre présence ici n'est pas dûe au hasard. Nous devons trouver votre vraie mission !

— Notre vraie mission ? s'étonna Félix. Mais notre vraie mission, c'est le bonhomme du glacier !...

— Je parle de votre vraie mission céleste !... précisa Tsumpa. Ne comprenez-vous pas que vous êtes les nouveaux apôtres, réunis autour de David et Myriam qui semblent être eux-mêmes descendants de la famille divine ? Que vous le vouliez ou non, cette affaire se structure comme un puzzle, et prend un tour fabuleusement intéressant aux yeux du vieux philosophe que je suis... Il serait peut-être temps de voir ce que nous apprendront les archives avec le mode de déchiffrage du parrain de Myriam.

*

Myriam avait confié les cahiers de son parrain à Lobsang dès son arrivée de Moscou.

Le vieil homme avait immédiatement mis au travail deux de ses confrères, et ils avaient déjà bien avancé quand le petit groupe arriva à la porte de bronze. Heureusement que c'était une période de vacances scolaires, les moines étaient plus disponibles et chacun se portait volontaire pour aider comme il pouvait. Tous n'étaient pas aussi lettrés que Lobsang, mais, tout de même, les textes anciens passionnaient ces hommes-là. La vie même du monastère était basée sur leur conservation, et la justification de leurs peines paraissait là, à portée de crayon. Pendant des siècles, ils avaient rempli leur patiente mission, dans une abnégation complète, avec conscience, mais avec aussi un peu de regrets de ne pas pouvoir comprendre ce qu'ils conservaient. Et voilà que les étrangers, scientifiques, pétris d'autres cultures, leur apportaient les codes et les moyens techniques qui leur manquaient. Sublime récompense !... Ils requéraient leur collaboration pour traduire ces textes chéris. Les moines étaient aux anges !... Ils mettaient les bouchées doubles.

Si bien que la plus grosse partie des rouleaux avait été déchiffrée lorsque les compagnons arrivèrent en bas.

La lecture des centaines de rouleaux entreposés avait pris deux jours pleins aux trois moines, mais ça valait la peine ! De nombreux rouleaux abîmés ou à l'encre un peu effacée n'avaient pas été lisibles mais le reste fut résumé par Lobsang.

— « Les hommes qui vinrent ici, il y a tout juste un peu plus de deux mille ans, venaient d'un royaume situé au bord d'un grand fleuve d'Afrique, près du désert du Sinaï, qu'on appelait l'Égypte. Leur grand prêtre leur avait ordonné de conduire ici un jeune homme, qui avait à faire des études spéciales, pour lesquelles ce monastère à l'époque, celui qui a brûlé depuis, était le seul choix possible. Ils ont donc fait une très longue route depuis la mer rouge jusqu'en Inde pour venir ici. Ils y restèrent sept ans. Le jeune homme devint un homme savant en mille choses et sa vertu était incomparable. Il était un grand prince, d'une très vieille famille royale, et il voulait faire de son pays, occupé par des étrangers, une source de savoir, d'amour et de paix pour les peuples. Pas seulement pour le sien, mais pour tous les peuples de la Terre. Le jeune homme étudia ici toutes les sciences qu'il n'avait pu apprendre en Égypte, et surtout les sciences de l'âme, et l'Histoire du monde. »

— L'Histoire du monde ? interrompit John.

— Oui. C'est ce qui est écrit, dit Lobsang qui continua :

« Ce jeune homme était déjà un grand médecin avant d'arriver ici, mais il assimila d'autres connaissances en ce lieu et devint un grand thaumaturge — le plus grand que la Terre ait porté selon le grand lama de l'époque dit le rouleau— et était capable de faire apparaître des choses du néant et de faire revenir les âmes qui avaient abandonné leurs corps trop tôt, rien qu'en étendant ses mains dessus. Il parla avec TUBLCAN — un nom propre, je suppose, précisa le moine — à plusieurs reprises. Il était habité par le Logos. Il fit plusieurs fois le voyage des morts. — C'est encore ce qui est écrit, indiqua Lobsang, remarquant le sourcil relevé de Félix. — Il repartit au bout des sept années vers son pays, en disant qu'un jour, quand le ciel aurait fait un tour, il enverrait quelqu'un à sa place, ici, et qu'il fallait conserver la trace de son passage. C'est pourquoi les hommes qui l'accompagnaient et le servaient ont laissé ces témoignages. »

— Le reste présente certainement moins d'intérêt pour vous. Ça parle de la règle du Maître qu'il suivait, de sa façon de parler, de se vêtir, de son entraînement intensif pour maîtriser la douleur, et de tas de choses concernant les plantes, des mœurs corrompues des habitants de son pays, de la nature, des oiseaux, etc... Nous vous donnerons les textes, mais ce serait trop long de vous les résumer ici, assura Lobsang.

— On dirait que les choses s'enchaînent ! déclara Tsumpa. Il est clair que le Christ est venu ici après son séjour en Égypte, entre son enfance et sa vie publique. Qu'est-ce que ça peut bien vouloir dire ?... Qu'avait-on ici de si important à lui enseigner qu'il n'ait pu apprendre ailleurs ?...

— Ces rouleaux parlent de l'Histoire du Monde... rappela Félix.

— Je ne vois pas ce dont il peut s'agir, dit Tsumpa. À ma connaissance, hormis l'enseignement scolaire des enfants, nous n'avons jamais enseigné ici que la méditation et les techniques de respiration qui aident au voyage astral.

— Peut-être qu'avant l'incendie, l'ancien monastère enseignait d'autres choses ?... risqua Félix, des choses disparues avec le monastère...

— Vous avez probablement raison, Félix, malheureusement, les seules choses qui ont subsisté du monastère antérieur sont celles que vous avez vues dans la caverne à la porte de bronze !

— De quand date cette porte, à propos ? demanda David. Elle est très lourde et admirablement travaillée, de plus elle ne semble pas donner prise à l'oxydation et brille encore comme si elle sortait du four, or, selon mes souvenirs, le bronze ne fut inventé que vers 4000 avant JC, et l'âge incroyable du géant occupant l'endroit tendrait à indiquer une date bien antérieure...

— Je ne crois pas que nous ayons jamais fait de recherche au sujet de cette porte, dit Tsumpa. Elle a toujours été là, sans doute, et une porte n'est qu'une porte !...

— Ne croyez pas cela, dit David. Si vous pouvez faire revivre les événements du passé, de notre côté nous pouvons faire parler les objets manufacturés... Il serait intéressant d'entendre ce que cette porte pourrait nous raconter...

— Si vous croyez pouvoir le faire... dit Tsumpa.

— Je m'en occupe tout de suite, affirma Julius, en sortant le couteau suisse qui ne quittait jamais sa poche.

Il alla vers la porte et choisi dans un angle une petite aspérité. Ayant ouvert une lame spéciale, il lima un peu la porte au-dessus de son mouchoir ouvert. puis referma soigneusement le mouchoir et le remit dans sa poche. Le métal n'avait pas présenté une dureté trop grande, contrairement à la Chose de l'Antarctique, et cette fois, Julius espérait bien trouver quelque chose...

Il revint vers le groupe qui discutait près du sarcophage, et, bien que ce fut un peu irrespectueux vis-à-vis de son occupant, il trouva confortable de s'asseoir dessus, les jambes pendantes. Aussitôt, il sentit une espèce de démangeaison, un frémissement qui lui parcourut l'échine depuis le bas du dos jusqu'à la nuque. Il perçut cela comme un faible courant électrique, qui le faisait vibrer à la fois de plaisir et de froid. Il laissa échapper un cri de surprise.

Les autres se tournèrent vers lui et partirent d'un grand éclat de rire ! Ses cheveux étaient droits sur sa tête, comme aspirés vers le conduit d'aération au plus haut de la voûte !

Instinctivement, Julius s'était écarté. Il était toujours assis sur le sarcophage, mais légèrement décalé de l'axe de la table de pierre. Sa coiffure retomba.

— Qu'est-ce que c'est que ce nouveau truc ? ironisa Germain. Le dernier siège pour salon à la mode ? Tu t'es fait faire une indéfrisable superbe, Julius ! Mais dès que tu bouges, ça ne tient plus, tu devrais changer de coiffeur !

— Ris donc ! fit Julius. Si tu aimes tant plaisanter, viens donc t'asseoir ici toi-même !

— Mais bien sûr ! répliqua Germain. Ne me prends pas pour un dégonflé ! dit-il en s'asseyant au même endroit.

Il ressentit la même chose, et ses cheveux se dressèrent sur sa tête. Il s'écarta et tout rentra dans l'ordre.

— Bizarre ! dit Félix. Il semble y avoir à cet endroit précis comme une colonne d'énergie dans la zone très limitée de ce cercle évidé. Et pourtant, on ne voit rien ! Que la pierre nue et ce trou au plafond. Vous ne vous en êtes jamais aperçu, Tsumpa ?

— Vous savez, il faut être occidental pour oser prendre une telle liberté avec les convenances ! dit le vieil homme. Nous autres, sommes trop respectueux des traditions pour avoir jamais seulement imaginé de s'asseoir là ! Mais, je vous félicite de l'avoir fait, Julius. Grâce à vous, nous avons peut-être avancé d'un pas important...

— Comment ça ?

— Je crois savoir ! interrompit Ros. C'est à cause de Lobsang, n'est-ce pas ? et de son chemin d'étoiles ?

— Bravo, Ros ! Vous comprenez vite, admira Tsumpa. En effet, un jour notre ami Lobsang nous a raconté qu'il avait dormi, allongé sur cette table de pierre. Il y est resté trois jours et trois nuits, bien involontairement ma foi, et il a prétendu s'en être allé sur une étoile très lointaine. Malgré notre connaissance du voyage astral, quelques-uns se sont moqués de lui à l'époque. Oh ! pas méchamment, mais nos frères moines ne pouvaient pas croire que Lobsang s'était endormi sur cette pierre. C'eût été sacrilège si l'histoire avait été perçue comme vraie. Alors, Lobsang n'a jamais insisté pour qu'on le crût, et cette histoire n'est restée que comme une bonne plaisanterie. Personne ne l'avait vu s'allonger là. Mais je viens moi aussi de voir la tête de Julius, je suis sûr maintenant qu'il disait vrai ! Cette colonne d'énergie a un effet certain sur l'homme qui prend place ici ! Comment l'expliqueriez-vous, vous-autres scientifiques ?

— Nous ne l'expliquons pas pour l'instant, dit Félix. Il nous faudrait déjà la voir si possible. Peut-être apparaîtrait-elle en lumière noire ?...

— Avez-vous ce qu'il faut pour essayer ? interrogea le vieux lama. Allez ! Il faut battre le fer quand il est chaud !

Laissant Ros, John et Félix remonter chercher le matériel nécessaire, Julius refaisait le tour de la caverne aux mille reliques et s'interrogeait.

La disposition des lieux n'était pas innocente. Ça ne l'est jamais. La plupart des gens qui aménagent un endroit le font en fonction de la finalité de leur installation. Ceux qui avaient aménagé cette grotte s'étaient donné beaucoup de mal pour la rendre inaccessible autrement que par la porte de bronze, beaucoup de mal à en décorer le plafond avec ce calendrier astronomique, beaucoup de mal pour tailler ce plafond en voûte parfaite aboutissant au trou d'aération central, et beaucoup de mal encore pour y placer, juste en dessous, la table du sarcophage. Les auteurs de cette mise en scène avaient certainement une raison précise à tout cela. Bien spécifique à la fonction de l'endroit. Et cet endroit était quoi ? un tombeau, mais surtout un musée, une bibliothèque, plus précisément une discothèque !... Si personne n'avait jamais rien sorti du mobilier d'origine, il fallait que le moyen de remplir cette fonction soit inclus dans ce qu'ils avaient sous les yeux ! Toute autre hypothèse n'apporterait rien, Julius en était certain. Cette affaire était trop bien pensée à l'origine pour y mêler quoi que ce fut d'autre. Tout devait être là. Il suffisait de chercher...

Si l'on met à part les rouleaux esséniens qui sont parvenus ici relativement récemment pourrait-on dire, le mobilier de la caverne se composait de quoi ? Il refit l'inventaire mentalement : la porte de bronze, le sarcophage et son contenu, un ciel étoilé, des disques bien rangés dans leurs rayonnages d'époque. Et c'est tout ! pensa-t-il. Et pourtant, il faut bien qu'il y ait aussi le moyen de faire jouer ces disques !... et une énergie pour les faire tourner...

— Ça y est ! Eurêka ! cria Julius. Ne cherchez plus mes amis ! Écartez-vous s'il vous plaît... Attention... C'est parti !

Julius venait de prendre le premier disque de pierre, et délicatement, il le posa au beau milieu de la table du sarcophage, juste sur le cercle creux. La dimension correspondait exactement au diamètre du disque, il s'encastra parfaitement !

— Exactement comme le médaillon de Myriam dans sa quincaillerie ! ironisa-t-il. Maestro, please !...

Le fragile disque de pierre se mit lentement à léviter, juste au-dessus du cercle, et tourna sur lui-même à grande vitesse en émettant un léger sifflement. Puis, le sifflement cessa et en même temps qu'un son mélodieux se faisait entendre, un tableau étrange apparût aux yeux médusés des spectateurs : au-dessus du disque qui tournait, dans la colonne d'énergie tombant, ou montant, à la verticale du trou, se dessinèrent des images, des images en trois dimensions...

— Un hologramme !... s'extasièrent les compagnons sidérés. Un hologramme de vingt mille ans...

Le disque continuait sa ronde folle quand redescendirent Félix et les autres. Ils furent figés de stupeur à la porte de la salle en voyant le spectacle hallucinant qui s'offrait à leur yeux : dans la colonne de lumière, telle qu'on n'aurait pas imaginé l'écran idéal de télémédie tridimensionnelle, se dessinaient des animaux inconnus, des objets inconnus, une Terre inconnue. Une musique délicieuse et légère accompagnait cette présentation inouïe et la résonance sous la voûte en donnait une audition parfaite. Sur cette musique, d'autres sons étaient superposés. Il s'agissait clairement de sons articulés, mais incompréhensibles aux auditeurs actuels.

— Arrêtez-moi ça ! dit Tsumpa. Nous n'avons pas le droit de rester ici seuls, à jouir de ce spectacle en égoïstes. Il faut que tous mes moines en profitent. C'est justement mérité, pour eux et tous leurs prédécesseurs depuis des siècles ! Nous reviendrons cet après midi.

Malgré la difficulté à s'arracher au spectacle, les amis reconnurent la parfaite validité de ce sentiment plus qu'honorable. Ils remontèrent au jour.

*

Le déjeuner se passa dans un indescriptible brouhaha. Tsumpa avait annoncé à ses cent quatre-vingt moines et lamas qu'ils seraient exceptionnellement conviés à descendre, tous ensemble et sans exception, cet après-midi dans la caverne aux mille reliques...

C'était la première fois dans toute l'histoire du monastère qu'un tel événement se produisait !.. D'habitude, seuls les lamas chargés de la conservation avaient accès aux archives de cette salle, jamais aucun simple moinillon, n'y avait mis les pieds. Pourtant, c'est vrai, c'était bien grâce à leur travail quotidien que depuis des générations et des générations, les lamas autorisés pouvaient assumer leur charge. Aussi, la joie était immense, et l'honneur indicible, pour ces braves gens de recevoir une telle récompense aujourd'hui !

Le déjeuner fini, on alla tout de même faire, tous ensemble — pour calmer l'excitation, dit Tsumpa — quelques minutes de méditation au temple avant de descendre par petits groupes, les uns après les autres.

Des moines solides avaient été alignés comme un service d'ordre pour maintenir leurs collègues rangés contre les parois, laissant une libre circulation au centre de la caverne aux membres de l'équipe pour aller et venir entre la deuxième salle et le sarcophage. Étant donné qu'il n'y avait plus personne en surface, Tsumpa avait recommandé à Myriam d'apporter sa parure avec elle.

Ros avait installé des torches électriques vers le plafond étoilé de la salle, et chacun, assis par terre admirait ce firmament étrange. Il fut permis aux moines âgés, comme Lobsang, de rester au milieu.

Quand tous eurent passé la porte de bronze et furent installés, on éteignit les torches et Julius commença.

Le premier disque lança ses images dans la colonne d'énergie, hypnotisant les moines abasourdis qui regardaient en silence. Pas un murmure ne filtrait de cette foule ahurie. On pouvait donc entendre très distinctement l'accompagnement mélodieux qui illustrait la présentation, comme dans les bons vieux documentaires du XXème siècle. Les probables explications articulées dans une langue inconnue, en surimpression sur la musique n'étaient pas dérangeantes malgré l'incapacité qu'on avait de les comprendre. La séance dura trois bonnes heures durant lesquelles on fit jouer ainsi plusieurs dizaines de disques, On s'aperçut rapidement que seuls jouaient ceux qui étaient en parfait état, ce qui limitait leur nombre. Le spectacle avait donc été très incomplet par rapport à sa conception d'origine, mais ce qu'on avait pu en voir laissait présumer du reste. Des images fantastiques avaient présenté aux yeux émerveillés des assistants des cités extraordinaires basées sur des plans circulaires imbriqués les uns dans les autres, des jardins suspendus ruisselant de fleurs multicolores et de fruits étranges, des animaux fabuleux comme la licorne ou le griffon ou d'autres encore, des instruments dont on ne savait rien de leur utilité, des appareils et des machines de toutes sortes, rampantes, marchantes, des vaisseaux de multiples aspects volant indifféremment dans l'air ou dans l'eau, et encore des installations médicales ou éducatives d'après ce qu'on pouvait juger des équipements et de la façon dont semblaient s'en servir les hommes qui apparaissaient dans ces images...

L'ensemble constituait à l'évidence ce qu'on pourrait appeler une encyclopédie générale, se rapportant à une civilisation hautement évoluée d'un assez petit nombre d'hommes.

Les moines hébétés par la surprise, à la fois par la forme du spectacle et par son contenu, commençaient à se remettre un à un et la suite engendra un tohu-bohu indescriptible. Chacun voulait faire valoir son point de vue de la représentation et la compréhension qu'il en avait. Tout le monde parlait en même temps, et on ne s'entendait plus. Si bien que Tsumpa prit la décision de les faire remonter immédiatement. Dix minutes plus tard, l'endroit était redevenu calme, les derniers moines allaient remonter. Seuls les plus vieux, qui marchaient lentement, étaient restés pour monter en derniers dans le vieil escalier usé. Lobsang était de ceux-là, et en attendant son tour, il discutait avec Ros.

— C'est prodigieux, c'est littéralement prodigieux ! lâcha enfin Félix, assommé d'émotion contenue. Dommage que les commentaires nous soient inaccessibles. Quel enrichissement pour la science si l'on savait comment tout ça marchait !

— Oui, c'est bien dommage ! rajouta David. Nous avons là la preuve irréfutable, tant par la technique employée que par le contenu de cette incroyable encyclopédie, qu'a existé sur Terre il y a plus de vingt mille ans une civilisation largement égale à la nôtre. Très supérieure même sur de nombreux points. Nous avions déjà fait cette déduction avec la Chose que nous avons trouvée dans les glaces du pôle sud, mais là, avec ces disques, nous avons des descriptions précises, des images, des sons. Il ne nous manque que la compréhension de la langue pour avoir un panorama complet de l'Histoire.

Une soudaine agitation s'empara de Ros qui discutait avec Lobsang. En réalité, il venait de traduire, en chinois, à ce dernier, les dernières remarques de David, et le brave lama avait tranquillement répondu :

— Mais, j'ai tout compris, moi ! Ça parlait en naga-maya, la vieille langue des dieux, vous ne la comprenez pas ? s'étonna-t-il innocemment.

Ros rapporta cette réflexion aux autres, sidérés par la naïveté de la question. On s'empressa autour de Lobsang, le pressant de questions que traduisait de son mieux Ros au vieil homme. Lobsang se lança alors dans un récit complètement surréaliste, où il disait en substance que la langue qu'il avait apprise en dormant n'était plus parlée par personne sur Terre depuis des millénaires, mais qu'il l'avait utilisée avec facilité le jour où il était parti vers son étoile. Il y avait rencontré d'autres hommes, des gens pleins de gentillesse et de prévenance envers lui, qui n'était qu'un visiteur étranger pour eux. Durant le temps de son séjour là-haut — dans mon étoile, disait-il en la montrant du doigt au plafond -, il s'était familiarisé avec la prononciation et Dieu merci, sa mémoire était excellente. Aussi, il n'avait pas été décontenancé de l'entendre parler dans cette salle où repose le géant, mis à part qu'il se demandait comment une parole pouvait bien être restituée par des pierres. Il savait bien sûr depuis longtemps que les murs et les objets s'imprègnent des vibrations qu'elles reçoivent et qu'il était possible de les percevoir en les tenant dans sa main, mais là, il ne comprenait pas, parce que personne n'avait tenu les disques , et ils avaient parlé tout seuls ! Mais, bref ! si on voulait un résumé des commentaires, il pouvait le faire :

— En gros, ça raconte l'histoire des hommes de la race du géant qui est couché là. Il vivait sur la Terre avec ses congénères, dans un endroit appelé Hyperborée — dans les glaces, à ce que j'ai compris, mais je ne suis pas fort en géographie -, et ils étaient les descendants d'une race antérieure détruite par un cataclysme. Lui-même et ses collègues — ou sa famille, le mot est le même en naga-maya, précisa Lobsang – étaient des gens très savants qui avaient réalisé de grandes choses pour éduquer les masses de petits hommes, qui les prenaient pour des dieux. Les petits hommes les révéraient lui et les siens, quand ils se trouvaient parmi eux, mais dès qu'ils avaient le dos tourné, les petits hommes s'empressaient de faire des bêtises, de s'entre-tuer, de toucher à leurs affaires et à leurs instruments. Ils comprenaient vite les techniques mais ils s'en servaient à mal faire car leur sagesse n'était pas suffisante. Les diverses tentatives qu'ils ont pu effectuer pour apprendre aux petits hommes un minimum de bonnes manières ont échoué. Alors, ces gens sont partis. Ils ont laissé le temps aux petits hommes d'évoluer par eux-mêmes, et sont partis vers les étoiles...

— Voilà tout ce que je peux dire, conclut Lobsang. L'homme géant qui est là est le seul qui soit resté sur Terre. Il s'est sacrifié pour faire partir les autres.

— Pourquoi ça ? Qui était-il et que faisait-il donc ? demandèrent les auditeurs.

— Je ne sais pas, l'histoire ne le dit pas. répondit Lobsang.

— L'histoire, non, mais Myriam pourrait nous le dire... émit Tsumpa.

— Moi ? fit Myriam surprise, mais comment voulez-vous que je le sache ?

— Comme vous avez su pour Joseph d'Arimathie ! précisa le lama. Avec peut-être une légère variante. Myriam, mettez donc votre parure, et vous autres aidez-moi donc à déplacer ce couvercle ! dit-il encore en montrant le sarcophage.

On déplaça la longue pierre de nouveau, et le corps étendu parût une nouvelle fois, aussi frais que s'il était là de la veille. Tsumpa, prenant bien garde de ne toucher ni le corps, ni le médaillon, chercha l'attache de la chaîne. Il l'ouvrit, et la fit glisser du cou de la momie avec précaution. Tenant toujours la chaîne par les deux bouts, il présenta le médaillon à Myriam.

— Voilà votre passeport personnel pour l'ère néolithique ! lui dit-il. Prenez ce médaillon dans votre main et dites-nous ce

190

que vous ressentez.

Myriam prit l'objet dans le creux de sa main gauche et le caressa de l'autre, du bout des doigts. Immédiatement, elle ressentit des impressions fugitives, des images passaient dans sa tête, des sensations dans son corps, des palpitations se précipitaient dans son cœur.

— C'est un peu flou, dit-elle. Je ressens quelque chose mais je l'identifie mal. Je n'arrive à rien...

— Essayons autre chose, dit Tsumpa. Donnez-moi votre propre médaillon, et enfilez celui-ci à la place !...

— N'est-ce pas dangereux ? demanda David. Nous ne savons rien du fonctionnement de ces machins !

— C'est peut-être un petit risque, c'est vrai, Myriam. Mais avons-nous vraiment d'autre choix ? Vous avez prouvé que vos capacités étaient réelles jusque-là. Prenez-vous ce risque pour aller plus loin ? Vous pouvez dire non...

— Oui ! Je ne pourrais plus vivre sans savoir, déclara Myriam courageusement. Et elle enfila l'autre médaillon, identique au sien par dessus sa tête. Le médaillon trouva sa place, et Myriam tomba par terre !...

*

...contre tout Atlante...

Elle reprit conscience péniblement. Son corps lui paraissait lourd, infiniment lourd...

Elle se releva, et marcha instinctivement vers le lit et s'y assit... le lit !!!... Qu'est ce qu'un lit faisait dans cet endroit ?... Elle regarda autour d'elle. Une fenêtre s'ouvrait dans l'arcade regardant la mer... Il faisait presque nuit mais elle pouvait voir sous ses yeux s'étendre une infinité de lumières... sans doute les éclairages publics de la ville, en bas... Où était-elle donc ?... Dans quelle ville ? Et cette pièce si pleine de lumière... Une lumière douce semblant provenir de la surface des murs elle-même, sans aucune lampe apparente... Dans une niche du mur, une série d'assiettes plates, rangées comme dans un juke-box... elle s'approcha. Ce n'était pas des assiettes, mais des sortes de disques... en porcelaine peut-être... en tous cas une matière céramique très fine...

Elle explora un peu plus loin. Il y avait une arche ouvrant sur une autre pièce, elle la franchit. Un long et large couloir distribuait d'autres pièces ouvertes. Partout cette lumière douce qui semblait augmenter d'intensité au fur et à mesure que tombait le soir. Elle passa devant un grand miroir scellé au mur et, en femme qu'elle était, jeta négligemment un coup d'œil. Un grand homme assez beau, d'âge mûr, aux longs cheveux bruns tombant sur les épaules, la regardait dans les yeux...

Myriam ne comprit pas tout de suite.

Elle s'écarta du miroir, l'homme en fit autant dans le même instant. Elle se baissa alors vivement, et l'homme fit de même... Elle revint se planter en face, l'homme copia exactement son mouvement. Elle approcha la main du miroir... et sa paume toucha celle de l'homme... Il y avait de petits poils sur le dessus de la sienne.

— Des poils sur ma main ! pensa-t-elle. Impossible ! Ils n'ont pas poussé depuis hier tout de même !...

Et seulement là, lentement, elle commença à comprendre...

— Ça fait un drôle d'effet de se retrouver dans le corps d'un autre, pensa Myriam. Excusez-moi, cher monsieur, de vous emprunter quelques minutes votre peau, c'est juste pour me mettre un peu à votre place !... Mettez-vous donc à la mienne !... Je dois savoir qui vous êtes car nous n'avons pas été présentés !... s'amusa-t-elle à penser pour masquer sa peur.

— Je t'en prie !... entendit-elle dans sa tête...

— Ai-je bien entendu ? Il y a quelqu'un ? Il y a quelqu'un ici ?... s'affola-t-elle.

— Ne crains point ! s'entendit-elle penser, je savais que tu viendrais... En fait, je t'attendais !

— Vous m'attendiez ?!!

— Oui, je t'attendais, fit l'homme dont elle partageait le corps. N'est-ce pas naturel ? La dernière visite de ce type remonte à plus de deux mille ans de votre temps, et le signe a changé de constellation. Il était donc logique que quelqu'un vienne !... Je suis heureux que cette fois-ci ce soit une femme ! Ainsi donc, c'est toi qui vas porter la lourde charge d'enseigner aux humains leur prochaines valeurs ? Es-tu bien taillée pour cette tâche ? Je sens de l'amour en toi, beaucoup d'amour, en toi et autour de toi. Tu pourrais y arriver mais pas seule !... dit la voix intérieure. Il te faudra convaincre tes amis...

— Mais, de quoi diable parlez-vous donc ? s'inquiéta Myriam.

— Ne dis jamais ce mot-là devant ma face ! tonna l'homme. Je veux ignorer qu'il existe encore ! Ce traître a poussé mon aïeul à trop de haine et il dût expier, par des siècles de honte pour lui et sa famille, le crime qu'il avait commis. Heureusement, l'art m'a aidé à m'en sortir... L'art et la technique...

— Qui êtes-vous donc, pour l'amour de Dieu alors ? fit Myriam.

— J'aime mieux ça ! fit la voix de l'homme. Mais ce serait encore mieux si tu disais pour l'amour du Créateur et de la création ! J'ai reçu le nom de CAÏN.

— Caïn !... LE Caïn ?... répéta Myriam.

— Pas exactement ! CE Caïn-là était mon aïeul. Je suis Tubalcaïn si tu préfères. Oui, c'est moi le Maître des forges, du fer et de l'airain. Et la ville que tu vois là est Hénoc.

— C'est une ville très belle, dit Myriam sincèrement.

— J'en suis fier. Elle me vient de mon aïeul, mais je l'ai beaucoup modernisée ! dit Tubalcaïn. Mais tu n'es pas venue pour visiter ma ville, n'est-ce pas ?

— Non. Je ne suis pas ici pour cela, c'est vrai, dit Myriam, je suis venue pour savoir... Mais d'abord, comment puis-je être ici avec vous, en vous ? Vous êtes mort depuis des millénaires... et nous avons presqu'une éternité de différence d'âge !...

— Tu vas savoir, Myriam, ce que d'autres avant toi sont aussi venus apprendre de moi. Voici : tout d'abord jeune fille, sache que je ne suis pas encore mort, et que c'est toi qui es venue me visiter. Tu te trouves ici en l'année 1133 de l'Eden et si mes calculs sont bons, tu vivras dans dix cycles astrologiques d'aujourd'hui, c'est-à-dire dans 21 600 ans terrestres. Sache que le temps n'existe pas en lui-même. Il n'existe que par rapport à la matière qui compose l'Univers matériel et dépend du point où l'on se trouve pour l'observer. En t'emparant et en te parant de mon médaillon, tu t'es glissée dans mon univers vibratoire personnel qui n'est pas prisonnier de la matière, et tu as donc franchi le temps.

Voilà pour ta première interrogation. Maintenant voici pour l'autre : si mon aïeul Caïn fut le premier de ma race à commettre un crime, il ne fut hélas pas le dernier. Celui que les petits hommes appelaient l'Éternel, par comparaison à leur courte vie, et qui était le chef de notre petite troupe de survivants après le grand cataclysme, fut extrêmement fâché parce que Caïn avait versé le sang de son frère. Oh, il aurait tué un de ces petits hommes ordinaires, l'Histoire n'aurait pas retenu son nom, mais il s'agissait d'un homme de notre race !... d'un Atlante !... et notre race a trop peiné pour perpétuer notre sang depuis les siècles de siècles précédents. Il a fallu aller jusqu'à recréer une femme pour avoir une chance de conserver nos gènes, car malheureusement, l'équipe de Yahvé, épargnée par l'anéantissement, ne comportait pas de femme. Comme ses élohims étaient tous experts dans leur discipline, et qu'ils avançaient en âge, il leur avait fallu procéder par clonage et mutation génétique pour sauvegarder les gènes atlantes. Ils créèrent donc un mâle et une femelle expérimentaux à leur image exacte sur le plan génétique. Ce fut une réussite. Ils étaient parfaits l'un et l'autre. La race pure atlante était sauvée, et les deux spécimens firent des enfants. Mais l'un des enfants tua l'autre... et la déception de Yahvé fut grande. Cela signifiait en effet que la méchanceté et les passions incontrôlées étaient dans l'homme nouveau. L'enfant suivant fut encore un mâle et il fallut se résigner à mêler le sang atlante à celui des petits hommes. C'est ce que fit mon aïeul et ce que firent les autres, son cadet et leurs enfants, et les enfants de leurs enfants jusqu'à moi. Mais les produits de ces métissages constants n'eurent que rarement les qualités morales et spirituelles que l'Éternel et son équipe attendaient. Ils étaient veules, bêtes et méchants, vicieux, voleurs, etc... Ils ne prirent pas conscience de ce qu'ils faisaient comme mal autour d'eux aux autres petits hommes et à MA, notre Terre mère. Alors, j'ai entendu dire que l'Éternel avait prévenu mon cousin Noé qu'il allait noyer tout ça ! Qu'il en avait assez de ces braillards paresseux et tyranniques qui régnaient sur les petits hommes. Il paraît que Noé a choisi de rester sur Terre, mais la plupart d'entre nous a déjà quitté cet astre pour partir ailleurs. Moi-même, j'hésite encore à partir... j'ai déjà près de cinq siècles terrestres alors, je pense plutôt me trouver un endroit paisible pour reposer en paix... J'ai d'ailleurs déjà coulé la porte de mon tombeau...

— La porte de bronze ? interrogea Myriam. Cette belle porte toute ornée de figures grimaçantes ? Un de mes amis en a admiré le travail. Il s'est d'ailleurs étonné de la voir aussi brillante après tant de siècles...

— Ah ! Un connaisseur ? Alors, je vais te faire un cadeau pour lui, répondit Tubalcaïn, je mettrais ceci dans ma doublure de robe. Il pourra le prendre comme tu as pris mon médaillon, et le garder. Je lui souhaite d'en faire bon usage.

— Qu'est-ce que c'est ? demanda encore Myriam en désignant le petit sac de toile qu'avait pris sa main gauche malgré elle.

— C'est ce que beaucoup d'hommes chercheront à refaire sans doute dans mon futur, dit la voix de l'homme. Cela s'appelle la poudre de projection. Avec cela, on peut transmuter beaucoup de choses viles en choses nobles. J'espère que ton ami saura la mériter. Quel est son principal trait de caractère ?

— Il est scientifique et poète à la fois...

— Merveilleux ! Un tel homme ne peut pas être mauvais. Tu as de la chance d'avoir de tels amis, Myriam... Dis-moi donc, à ton tour, ce que vont devenir les humains jusqu'à ton temps. La dernière fois que j'ai eu de leurs nouvelles, c'était par un jeune homme brun, bien sympathique, mais ça fait déjà un cycle !... Je n'avais rien à lui apprendre, il avait déjà tout l'univers résumé en lui. Il était rempli de sérénité et je crois qu'il était habité par les forces cosmiques d'amour et de compassion pour ses frères. J'espère qu'il a réussi dans son entreprise pour changer les mentalités...

— Le jeune homme a bien rempli sa mission, soyez rassuré, dit Myriam, l'humanité se souvint longtemps de son message, même s'il fut trop souvent déformé et perverti plus tard ! Mais vous me parliez tout à l'heure de la charge d'un enseignement... J'espère que je n'aurai pas autant de difficultés que lui !...

— Tu ne peux le savoir, en ce qui te concerne, qu'au fur et à mesure que tu avanceras. Mais, à chaque cycle suffit son message, et si les humains ont un peu grandi, s'ils ont entendu le message d'amour de ton prédécesseur, ta tâche sera sans doute grandement facilitée. Il ne te restera plus qu'à leur faire entendre l'équilibre universel : " Tout se tient en ce monde, et le véritable amour ne se limite pas aux autres hommes. Il concerne tout ce qui vit et meurt dans l'univers !..." C'est ça ton message. À toi de leur faire comprendre qu'ils tiennent la pérennité de leur espèce entre leurs propres mains en respectant ou pas les équilibres de la vie.

En tant que spécialiste de l'industrie terrestre, j'étais sans doute le mieux placé pour te dire cela. Il faut garder la Terre propre pour préserver la vie sous tous ses aspects.

— J'en suis d'accord, pensa Myriam, mais comment faire, et pourquoi moi ?

— Cette planète est une rare oasis dans l'immense désolation de l'Univers. Il en existe d'autres, très éloignées, où les hommes iront peut-être un jour, quand la durée de leur vie aura rallongé, mais leur chemin sera long avant que cela soit. Il sera bon qu'un médecin s'occupe de leur inculquer de nouvelles habitudes et de leur apprendre une nouvelle hygiène de vie, car il leur faudra désormais soigner leur planète tout autant qu'eux-mêmes, faute de quoi cette bonne vieille Ma les emporterait dans sa propre agonie, et l'oasis disparaîtrait !...

Par ailleurs, tu es la descendante d'une grande lignée de médecins de la famille Davidique, en quelque sorte tu es un peu ma nièce, et par là, tu portes en toi les gènes les plus purs qu'on puisse encore trouver sur Terre. Unis-toi à David, et fais un bel enfant. Fille ou garçon, c'est sans importance. Il réunira en lui la connaissance de tous les arts et techniques concernant la matière et la connaissance du corps et de l'âme. Il sera celui dont la Terre a besoin pour sa survie.

Fais-leur comprendre cela... Fais le comprendre d'abord à tes amis, tu auras besoin d'eux. Et ensemble, réveillez les hommes, renversez les dormeurs, secouez les consciences. L'avenir du Monde dépend de vous !...

Vas, maintenant !... et remets ce médaillon à la place où tu l'as pris. Nul ne doit y toucher avant le prochain cycle, s'il doit y en avoir un... Adieu, jeune fille, et que les forces t'accompagnent !...

*

Quand Myriam reprit conscience, seul Lobsang, fatigué, était remonté. Ses amis étaient très inquiets autour d'elle. Sa vie leur avait paru suspendue pendant de longues minutes et il paraissait dangereux de la bouger pour la transporter au jour, au grand air du plateau. Ils avaient donc résolu d'attendre en surveillant les battements de son cœur. Ils avaient été servis, question battements de cœur ! Myriam leur en avait fait des tonnes ! Une fois remise sur pied, elle s'empressa de remettre le médaillon au cou de l'homme dont elle savait maintenant l'incroyable nom. Elle fouilla la doublure de la robe. Le petit sac était là !

Ils refermèrent le tombeau et elle raconta... Quand ils remontèrent, leurs cœurs étaient heureux mais ils avaient les épaules croulant sous le poids écrasant de la charge, qu'ils pressentaient depuis longtemps déjà.

Au moment où ils arrivèrent au jour, sur le parvis du monastère, Lobsang arriva à leur rencontre. Il avait sous le bras un vieux cahier d'écolier qu'il tendit à Tsumpa.

— Voici, Maître, dit le vieux lama, je crois avoir bien rempli ma tâche... Je voudrais maintenant me reposer, je suis fatigué, excusez mon absence à l'office, je vous prie...

— Ah ! Voilà notre traduction tant attendue, dit Tsumpa. Merci Lobsang, vous avez été irremplaçable tout le long de cette affaire. Merci encore, au nom de mes amis et de moi-même... Merci, au nom de l'humanité ! Allez vous reposer, vous l'avez bien mérité. Eh bien, messieurs et mademoiselle, n'allons nous pas enfin prendre connaissance du message de votre Chose ? Allons dans mon bureau...

*

Le document, soigneusement calligraphié par Lobsang commençait ainsi :

« *QUAND YWHOH (intraduisible) POUSSA SON CRI, NAQUIT LA MATIÈRE QUI SE RÉPANDIT DANS L'UNIVERS. AINSI FURENT CRÉÉS LES ESPACES, LES TEMPS, LA LUMIÈRE DES ÉTOILES ET LES PLANÈTES SELON LA LOI DES QUATRES FORCES.*

Longtemps notre planète fut informe et vide, puis les quatre forces y apportèrent un œuf de vie qui tomba dans les eaux. Là se développa la vie depuis le début de ce monde.

Les animaux minuscules grandirent et évoluèrent et sortirent des eaux. Ils devinrent des oiseaux et des reptiles, et toutes sortes d'animaux, et enfin des animaux vivant debout. Tout ça dura très longtemps. Des millions de siècles de siècles...

Puis les animaux vivant debout prirent conscience qu'ils étaient les seuls à vivre debout sur toute la Terre de MU et ils en tirèrent de l'orgueil et décidèrent de s'appeler "hommes". Ils partirent voir ailleurs s'il existait d'autres animaux debout. Ils construisirent des bateaux et partirent sur les eaux dans toutes les directions. Ils fondèrent des colonies et organisèrent des échanges entre elles et la mère patrie, de tous les produits que MA leur offrait dans les différentes terres extérieures. Ainsi naquit l'Empire de MU qui dura plus de dix siècles de siècles.

Les hommes vivaient alors près de mille ans d'âge avant d'être usés dans leur corps. Leur esprit s'ouvrait pendant leur vie à tous les secrets des choses gouvernées par les quatre forces. Ainsi, un jour, ils surent que la lumière du soleil était pour eux la seule source de toute vie et ils se mirent à adorer le soleil en tant que symbole de la vie. L'Empire de MU devint alors l'Empire de RA-MU, "L'Empire du Soleil".

Mais peu à peu, ils oublièrent de rendre le culte à MA sur laquelle ils vivaient. Ils ne servaient plus d'offrandes qu'à

RA. Ils ne faisaient plus attention à la générosité de MA, leur maternelle oasis dans cet espace sans fond. Ils se servaient de ses entrailles sans compter, sans laisser la moindre part en sacrifice pour compenser leurs prélèvements. Ils étaient devenus égoïstes et gourmands. Et un jour, MA se vengea de leur mépris à son égard. Elle vomit par ses nombreuses bouches des cendres et de la fumée qui montèrent très haut dans le ciel, et elle s'entoura d'un linceul noir. Le soleil fut éteint et le froid et la glace commencèrent de recouvrir la planète. Les hommes périrent par millions dans les nombreuses colonies.

Cela dura longtemps. Des siècles de siècles. Les rares survivants se cachaient dans des grottes et eurent des maladies. Ils vécurent de moins en moins longtemps. Les arbres ne poussaient plus aussi vite. Ils n'étaient souvent plus du tout les mêmes. Les fruits n'étaient plus aussi gros. Les autres animaux devenaient plus rares. Il fallait chasser longtemps pour trouver la nourriture. De siècle en siècle, le niveau des grandes eaux baissait et les glaces s'accumulaient. Beaucoup de grandes eaux étaient prises par la glace et la navigation devenait impossible sur ces mers. La vie devenait de plus en plus dure pour les milliers d'hommes répandus sur les terres extérieures, coupés de tout contact avec la mère patrie RA-MU. La mère-patrie elle-même était plongée dans des difficultés sans nombre. La vie douce et facile du temps des colonies était finie.

Le froid sévissait maintenant avec vigueur sur les trois grandes îles principales, réunies depuis l'abaissement des eaux en un seul continent. Depuis longtemps, de grandes routes dallées sillonnaient RA-MU et réunissaient entre elles les sept cités principales et les ports. Mais plus aucun bateau n'apportait de produits extérieurs. Pour survivre, les habitants de RA-MU s'organisèrent. Ils se choisirent un chef qu'ils nommèrent sur eux et qui devrait être obéi comme s'il incarnait RA-MU lui-même. Des lois furent édictées. Des travaux et des recherches entrepris. Les plus grands sages furent mis à contribution. En quelques siècles, de nouvelles méthodes furent expérimentées et un grand nombre de réussites spectaculaires rendirent l'espoir aux populations.

L'agriculture fut inventée. La sélection des espèces nutritives améliora l'ordinaire des hommes. De nouvelles techniques firent leur apparition. On apprit a utiliser des métaux plus durs que l'or, le cuivre ou le plomb. On fit des alliages plus résistants. On utilisa toutes les ressources disponibles du sous-sol de RA-MU, et la vie redevint moins difficile pour ses habitants.

Mais ailleurs, les choses en allaient autrement. La glace régnait sur le tiers de la planète depuis maintenant près de deux siècles de siècles. Le soleil perçait de temps en temps au travers des nuages épais. Il ne chauffait pas autant qu'avant mais, au fil des générations successives, les hommes s'étaient endurcis et acclimatés à ces conditions plus dures. Leur conditions de vie, leur alimentation, les nécessités de la cueillette et de la chasse, leurs abris précaires qui les mettaient à l'abri des bêtes féroces mais pas des gaz lourds et des poussières nocives émanant des volcans, tout cela avait profondément changé leur métabolisme et leur physionomie. Les mieux adaptés avaient survécu à ces rigueurs, mais leur apparence physique n'avait souvent plus qu'un très lointain rapport avec l'allure orgueilleuse de leurs ancêtres venus de MU. Les fronts bas et butés, les courtes pattes, les sourcils broussailleux étaient devenus le lot de l'écrasante majorité. La plupart étaient restés groupés par familles ou par clans et la force y faisait souvent office de seule loi. Certains individus, plus malins, avaient remarqué que certaines plantes, certains breuvages, certains champignons leur permettaient d'obtenir du groupe des avantages particuliers en procurant des guérisons de blessures, des états de transe, ou des baumes adoucissants ou parfumés, etc.. Ces individus gagnèrent une place à part dans les clans et y exercèrent une autorité spirituelle rivalisant avec celle du plus fort.

Quand, après quelques milliers d'années, l'atmosphère redevint transparente, que ce fut dans les terres de l'est ou de l'ouest, dans les îles du sud ou sur les continents du nord, presque partout, les hommes avaient changé. Certains avaient pris des couleurs étranges dues à leur alimentation, au sol où ils vivaient, à l'atmosphère de gaz nocifs et de poussières qu'avaient respiré leurs ancêtres. Des mutations s'étaient produites. Il y avait maintenant sur la planète des hommes blancs, des rouges, des noirs, des jaunes, des cuivrés, et toutes sortes de différences de formes d'yeux, de nez, de faciès, de forme de crânes, des petits, des grands, des forts. Tous étaient des hommes descendants de leur ancêtres coloniaux de MU. Et bien que leurs langages se fussent diversifiés au cours de leurs longs isolements, tous s'appelaient encore entre eux, des hommes.

Sur la terre de RA-MU, la civilisation refleurissait sous la conduite du grand sage. Au cours des âges qui suivirent, de grandes prouesses furent réalisées dans les domaines scientifiques, artistiques, techniques et surtout en médecine et en biologie. Au point que la durée de vie des hommes de RA-MU rattrapa presque la durée précédant la grande éruption. Les hommes de RA-MU pouvaient vivre sept à huit siècles, tandis que sur les terres extérieures, la durée de vie moyenne ne dépassait pas le demi-siècle. Ces hommes n'avaient plus grand chose en commun avec leurs frères des terres extérieures où la sauvagerie était devenue la norme. Eux, au contraire, firent naître une société conviviale et généreuse où l'amour des êtres et des choses était pratiqué quotidiennement, où la nature était unique par les millions d'espèces végétales différentes qu'avaient développées les agronomes : les champs de maïs, d'orge, de froments de toutes sortes.

La population de MU grossit jusqu'à atteindre plusieurs millions d'individus en quelques dizaines de siècles. Leurs ports reprirent une grande activité et, à nouveau, des expéditions partirent vers les quatre directions. À nouveau, des colons s'installèrent dans les autres régions du monde où ils retrouvèrent des hommes sauvages, leurs cousins dégénérés. À l'est, les colons bâtirent des villes et des temples, des pyramides, des ports et des canaux traversant les terres jusqu'à l'autre mer qui menait de l'autre côté. À l'ouest, ils débarquèrent sur la grande terre rouge et y fondèrent des temples et des écoles. Au nord, ils installèrent des villes et des temples parmi les hommes des forêts. Des communications se rétablirent entre ces colonies et la mère patrie. On inventa des moyens de se parler à distance. Puis de voler dans le ciel.

De nombreuses générations passèrent pour les hommes de RA-MU. De bien plus nombreuses encore pour les petits hommes des terres extérieures. Nombreux furent les hommes de RA-MU qui prirent des femmes parmi les indigènes de ces colonies et qui eurent des enfants avec elles. Ils recevaient généralement une éducation spéciale, et on les envoyait étudier à la mère patrie avant de leur confier des postes de gouvernements coloniaux. Ils instituèrent dans ces colonies le culte de RA-MU. Ces colonies étaient toutes rattachées à la mère patrie et leur symbole était un soleil levant avec ses rayons. Celui de RA-MU était un soleil entier avec ses rayons.

En ce temps là, une grande colonie fut fondée sur la grande île à l'opposé de MU. Elle fut nommée Atlantis. C'était une cité très moderne. Tout y fonctionnait à l'énergie solaire. De grands chercheurs et des savants y vivaient en permanence et étudiaient le monde et les univers. Leur sage était nommé Osir. Ils enseignèrent à quelques indigènes. Mais ceux-ci n'avaient pas la sagesse suffisante pour bien utiliser leur enseignement et les connaissances que celui-ci véhiculait. Le résultat fut détestable car une guerre éclata entre différents peuples gouvernés par certains enfants des fils de MU. Une guerre avec des armes terrifiantes. Des villes entières furent anéanties par le feu et le soufre, et la foudre qui tombait du ciel vitrifiait le sable et la roche. Des millions d'hommes périrent dans cette guerre où certaines colonies se rangeaient au côté des rebelles à l'autorité de RA-MU, tandis que d'autres choisissaient l'inverse. Finalement, RA-MU fut vainqueur et rétablit l'ordre mondial mais n'eut pas le loisir de jouir longtemps de la paix retrouvée. Le sous-sol de RA-MU avait été trop exploité, les énergies déployées dans cette guerre avaient dégagé trop de chaleur, provoqué trop d'ondes sismiques.

Les continents du Nord et du sud qui supportaient le poids des glaces se mirent à bouger, les glaces se mirent à fondre, l'équilibre fut rompu et le sol de la mère patrie fut soulevé de brutales secousses, plusieurs fois dans la même nuit avant de s'effondrer sur lui-même dans l'abîme. Ce fut l'horreur ultime, un cataclysme tel qu'aucun homme ne peut et ne pourra jamais l'imaginer. RA-MU disparut de la surface du globe en une nuit, et avec lui ses dizaines de millions d'habitants.

Les grandes eaux se précipitèrent dans le gouffre ainsi créé, elles mirent très longtemps à retrouver leur apparence pacifique. Quand tout fut fini pour RA-MU, le déséquilibre persistait et la planète vacillait sur son axe. Les glaces continuèrent de fondre sous l'action de la chaleur dégagée par le choc sismique et les mouvements internes qui s'ensuivirent. En quelques années elles avaient entièrement fondu et libéré de leur poids des continents entiers.

Il se produisit alors un rééquilibrage des masses continentales autour du globe. Les grandes eaux avaient monté de plus de cent mètres au-dessus de leur niveau antérieur. Des pressions fantastiques s'exerçaient sur les plaques continentales, qui les poussaient, les pressaient, les bousculaient les unes contre les autres. Les montagnes se soulevèrent à des hauteurs jamais vues auparavant, élevant avec elles les villes construites sur les rivages. En d'autres endroits des plaques basculèrent sur leurs bases, noyant les populations de leurs côtes est qui s'enfonçait sous les flots tandis qu'elles soulevaient en haute altitude les ports établis sur les côtes ouest.

Des portes de l'Empire du Soleil qui ouvraient sur les mers se retrouvent maintenant en plein ciel, tandis que d'autres sont englouties. Des temples du savoir sont à jamais murés par des éboulements de millions de tonnes de rochers, des sites de décollage sont sous des mètres d'eaux. Nous ne pouvons plus espérer perpétuer notre race sur Terre.

Au laboratoire expérimental d'Eden, Yahvé travaille encore avec quelques autres à l'amélioration de l'espèce humaine par des méthodes de clonage, mais nous craignons qu'encore une fois, les sujets soient décevants car il s'est possible de changer la nature des choses matérielles, même du vivant, il est impossible de forcer le rythme de l'évolution des esprits. Les hommes devront réapprendre par eux-mêmes la grande loi universelle. Nul ne peut le faire à leur place. Mais ils devront faire cet apprentissage sans nous. Nous ne sommes plus assez nombreux pour dominer et diriger nos petits frères humains et nous ne voulons pas risquer d'être à nouveau les victimes du prochain cataclysme qu'ils déclencheront par leur insouciance ou leur bêtise.

Peu à peu, l'île d'Atlantis bascule sur ses fondements, et dans quelques années elle sera engloutie à son tour. Heureusement pour nous, les sages et les savants qui vivions là, nous aurons eu le temps de préparer notre survie. Nous avons installé de nouvelles bases dans certaines colonies, et instauré des rois-prêtres. Ils sont les derniers hommes de RA-MU de race pure et devront préserver cette lignée le plus longtemps qu'ils pourront. Ce ne sera pas tâche facile car, partout dans les colonies survivantes, le métissage est depuis longtemps devenu le seul choix possible. Nous espérons qu'avec le temps les humains s'amélioreront et sauront un jour gérer eux-mêmes leur héritage.

Quant à nous, nous partons vers l'espace et d'autres dimensions de l'Univers. L'Univers est immense. Il s'étend bien au-delà de ce que l'œil peut voir, de ce que l'oreille peut entendre, de ce que la main peut toucher. D'inaccessibles royaumes se sont ouverts à nous au loin, et ailleurs. Nous avons décidé d'y préserver notre capital génétique qui reste notre seule richesse avec notre science.

Nous ne reviendrons pas, sauf pour de brefs moments pour veiller, et à chaque passage du point vernal pour aider encore à l'évolution de nos frères. Avant de quitter définitivement ce monde, nous, derniers représentants de RA-MU, désirons laisser un ultime message aux hommes capables de le comprendre. C'est pourquoi, aujourd'hui, nous confions aux grandes eaux ce message, afin que la providence le mène aux rivages des hommes futurs.

« PEUPLES QUI ENTENDREZ LA VOIX DE NOS ÂMES, PAR-DELÀ LE GRAND ABIME DU TEMPS, APPRENEZ À LA

POSTÉRITÉ L'HISTOIRE DE MÚ, BERCEAU DE L'HOMME ET PARADIS SUR TERRE.

APPRENEZ À LA POSTÉRITÉ SON EFFONDREMENT DANS LES FLAMMES SOUTERRAINES POUR N'AVOIR PAS SU PRÉSERVER L'ÉQUILIBRE DE LA VIE.

AIMEZ-VOUS LES UNS LES AUTRES SANS DISTINCTION CAR VOUS AVEZ TOUS LES MÊMES RACINES ET SURTOUT, GARDEZ-VOUS DE MALTRAITER VOTRE MÈRE MÁ. USEZ D'ELLE, MAIS N'EN ABUSEZ PAS CAR L'ÉQUILIBRE EN TOUTES CHOSES EST LA GRANDE LOI, LA SEULE JUSTICE IMMANENTE ... »

— Allons ! conclut Félix, en nous y mettant tout de suite, nous sauverons peut-être les ours du président !...

*

FIN

TABLE DES MATIÈRES

L'auteur tient à remercier ses aînés dont les œuvres et les recherches patientes ont nourri sa boulimique quête de réponses inaccessibles. Entre autres et dans le désordre :

- James Churchward :
"*MU, le continent perdu* "
"*L'univers secret de Mu* ", éd. "J'AI LU"

- Lobsang Rampa :
"*Le troisième œil* ",
"*Lama médecin* ", éd. "J'AI LU",

- Louis Charpentier :
"*Les mystères de la cathédrale de Chartres* ",
"*Les mystères templiers* ", éd. Robert Laffont,

- Anne et Daniel Meurois-Givaudan :
"*Récits d'un voyageur de l'astral* ", éd. Arista.
"*De mémoire d'essénien* ", éd. Maisonneuve et Larose,

et beaucoup d'autres...

Quoi ? Un roman de 1995 édité seulement en 2016 ? !...

Tout jeune auteur est dubitatif sur son propre talent tant qu'il n'a pas été lu et confirmé par un nombre appréciable de lecteurs. Surmonter le doute est l'une des clés indispensables pour avoir l'audace de se lancer. Je tiens donc à remercier tout particulièrement ma famille, qui a suffisamment cru en moi à l'époque pour m'encourager à me lancer dans l'écriture de ce tout premier roman.

Imaginé en 1995, tout ce qui est décrit dans son scenario résulte de cogitations et calculs personnels à partir d'éléments climatiques connus à l'époque mais dont personne ne voulait officiellement tirer les futures conséquences prévisibles. Vingt ans plus tard, hélas, nombre de ces prévisions se vérifient dangereusement !...

Il n'avait que rarement été lu jusque là, sauf par des voisins et amis, pour la bonne raison qu'il n'avait jamais été édité sur papier à l'époque. Le monde de l'Edition étant resté en cette fin de siècle ce qu'il était dans le précédent, ce fut même la raison principale pour laquelle j'ai créé en 1997 ma propre Maison d'Edition virtuelle : www.diamedit.net, pionnière du genre en France.

Mais quant à le voir imprimé, c'était une autre affaire !... Pour obtenir des prix convenables à l'unité il eût fallu en tirer au moins un ou deux milliers d'exemplaires, les stocker, les promouvoir et les distribuer... Un travail de titan sans aucun rapport avec la création littéraire, et sans compter les coûts d'impression importants à l'époque.

Donc, pour cette toute nouvelle édition 2016, je remercie également la Sté CreateSpace, filiale d'AMAZON qui me permet aujourd'hui de proposer ce roman à un prix très accessible dans des conditions de tirage limité qui ne m'avaient jamais été proposées ailleurs, ce qui me donne enfin l'occasion d'espérer faire partager à mes lecteurs le plaisir jubilatoire que j'ai éprouvé à l'écrire.

www.ingramcontent.com/pod-product-compliance
Lightning Source LLC
Chambersburg PA
CBHW070501260626
47161CB00004B/1400